映画『HELLO WORLD』スピンオフノベライズ

HELLO WORLD if

ハロー・ワールド イフ

—勘解由小路三鈴は世界で最初の失恋をする—

Contents

HELLO WORLD if
Misuzu Kadenokouji will make the first heartbreak in the world

勘解由小路
三鈴は
世界で最初の
失恋をする

映画『HELLO WORLD』スピンオフノベライズ

HELLO WORLD if

ハロー・ワールド イフ

小説 伊瀬ネキセ
イラスト 堀口悠紀子
原作 映画『HELLO WORLD』

これはあり得たかもしれないし、あり得ないかもしれない物語。
とある少女、勘解由小路《かでのこうじ》三鈴《みすず》にとってのｉｆ。

prologue

プロローグ

「何度目？」

卵型に湾曲したシートの上から問いかけると、隣でモニターをのぞき込んでいた彼女は怪訝《けげん》そうな目を向けてきた。聞き返される前に、必要な語句を付け足す。

「このプログラムへのフルダイブ」

「ああ、十二度目です。うち、深深層へのリダイブは七度目」

答えは明瞭、迷う素振りすらない。漫然と重ねられた数字では、決してない。

「七回かあ……」

つぶやくと、こちらを見下ろす彼女の端正《たんせい》な顔に曇《くも》りが生じた。

「何か体調に異変でもありましたか？　ミスズ」

「いえ、ないわ。マシーンとの相性は良好。肉体への負荷《ふか》はほぼゼロよ。こういう時だけはテクノロジーの進歩を手放しに喜べるわね。あとは、歯医者に行った時」

「ならいいですけど、異変があったらすぐに知らせてください。今回は未知数の要素が多すぎますから」

「そうだね」

几帳面《きちょうめん》に釘《くぎ》を刺す彼女に、うなずき返す。

確かに、今回はこれまでのダイブとは違う。事前のリサーチがほぼ役に立たない。不確定要素の沼に、飛び込み台から盛大に行こうという話だ。でも、だからこそやる意義がある。

「大丈夫よルリリーナ。最低でも必ず何か摑《つか》んで帰ってくる。任せて、最高の助《すけ》っ人《と》を用意するつもりだから」

言うと、初めて彼女の顔がほころんだ。

「確かに、そうだと思います。これ以上ない、最高の協力者」

その同意を聞いて満足し、目を閉じる。

それが合図。衣擦《きぬず》れの音が聞こえ、彼女が室外のスタッフたちに手で指示を送ったことがわかる。最後に、恒例《こうれい》行事となったやりとりを、こちらから始める。

「やってやりましょ」

「ええ。やってやりましょう」

機械の静かな駆動音が聞こえだした。

眠りに落ちる瞬間を知覚したことは、このプロジェクトを始めて十五年、まだ一度もない。

第一話

未来に捕まる日

勘解由小路《かでのこうじ》三鈴《みすず》は変わりたい。

今まであまり意識しなかったこの願望をはっきりと自分に〝請求〟したのは、一週間ほど前に起こったある事件がきっかけだった。

京都市立 錦《にしき》高校、推薦《すいせん》面接試験日。

推薦受験の要《かなめ》とも言える面接官との対話の中で、三鈴はほぼ理想的と自負できる受け答えをした。的外《まとはず》れな返事はしなかったし、言葉につっかえることもなかった。穏《おだ》やかな挨拶《あいさつ》と一礼で面接室を退出した後、これでダメなら、もうどこをどうやっても自分がこの推薦試験を突破することはないと思えるくらいの会心《かいしん》の出来。

しかし、その自信に満ちた帰り道で、事件は起こる。

コミュニティバスを降りて細い家路を急ぐ三鈴は、曲がった角の先で、クラスメイトの女子が人目もはばからず泣いているところを目撃した。それを懸命に慰《なぐさ》める男子生徒の後ろ姿も。

出るに出られず、電柱の陰《かげ》で立ち聞きしてしまった彼女の述懐《じゅっかい》をまとめると、こう。

「面接でありのままを話したら、大人たちからイヤな顔をされた。きっと推薦合格は無理」

明るくて活動的だった友達が大泣きしている姿は三鈴を驚かせたが、それ以上に揺さぶられたのは、そこにいる男子が誰なのかわかった瞬間だった。

「気にするなよ」

「一般受験で合格すればいいじゃん」

「一緒に頑張ろうぜ」

励《はげ》まし続ける男子は、サッカー部のエースで背が高くイケメンと評判の人物だった。多くの女子が憧《あこが》れ、三鈴も遠目からカッコイイなと感じていた少年。彼は女の子を優しく抱きしめ、一目で付き合っているとわかる親密さだった。

（あ……れ……？）

それを見た直後、自分でも戸惑《とまど》うくらい胸の内が苦しくなった。

二人が付き合っていたことを初めて知って驚いた、というのとはまったく違う。泣いている友達に同情したのとも異なる、もっと根深いところで生じた寂《さび》しさと悲しみを伴《ともな》う感情。

胸の奥の一部がぱっきりと割れてしまった痛みに耐えきれず、三鈴は逃げるようにその場を離れた。

（これってまさか）

痛みの正体に気づき、うつむいたまま唇《くちびる》を強く結んだ。

（そうだったんだ。わたし、そうだったんだ……）

今になって、いやにはっきりと頭に浮かんでくる、サッカー部のグラウンドでの彼の姿。

「あー、やっぱりかっこいいー」

「後輩からもめっちゃ慕《した》われてるらしいよ」

「あ、またゴール！」

教室の窓から眺《なが》める友人たちが盛り上がる中、

「勘解由小路さんはどう思う?」

「うん。かっこいい。今のシュートもすごかった……」

遠目からもわかるゴールの迫力に圧倒され、半《なか》ば呆然《ぼうぜん》と答えたことを覚えている。

けれど、そこまでだった。すごい、かっこいい、憧れる。そこで止まった感情は、その先に進みはしなかったはずだった。

遠くで見ているだけで十分。それ以上は何も望まない。それでいい。

はずだったのに。

違った。本当は、彼のことがちゃんと好きだったのだ。

(どうして今まで気づかなかったんだろう)

物語のような素敵《すてき》な恋愛に憧れていたはずだった。誰かから恋の話を聞くたびに羨《うらや》ましいと感じていた。それなのに、どうしてこの気持ちを見逃してしまっていたのか。

三鈴は記憶をたどって恋心の始まりを探そうとした。せめてそうしなければ、この一人ぼっちの失恋が、あまりにも救われないような気がした。

けれど、中学三年間、どこにもその兆《きざ》しはなかった。

かわりに思い浮かぶのは、ひどく淡泊《たんぱく》で真面目《まじめ》な自分の姿ばかり。

背中にかかる長い髪。無難なフレームの眼鏡《めがね》。どこにも飾り気のないかっちりした身なり。

学校内での交友関係にしても、波風は立てず品行方正、順風満帆《じゅんぷうまんぱん》。今日の面接でだって、模範的な一生徒であることに何一つウソを混ぜる必要がなかったほどだ。

（わたしって、こんなだった？）

今になって愕然《がくぜん》とする。まるで面接マニュアルを固めてできたようなつまらない中学生。言うこと為《な》すこと優等生そのもので、今日の試験のためだけに作られたみたいだ。

（……違う、こんなの、望んでなかった）

本当はもっと自由でいたかった。泣いていたあの子のように、面接でありのままを話したらひんしゅくを買うくらい気ままに、自分に素直に振る舞いたかった。

でも、できなかった。傷つくのが怖くて、傷つけて嫌われるのが怖くて、だんだんと自分の気持ちを胸の奥にしまうようになっていた。

本当は優等生ですらない。ただ大人たちに、いや、周囲の人たちに合わせてきただけ。自分の率直《そっちょく》な気持ちを分厚い殻《から》に閉じ込めて。何を感じても、聞こえないふりをして。

そしてついには、誰が好きかさえも、気づけなくなった。

この痛みは、そんな閉じ込められた自分からの、叫びだ。

「こんなの、イヤだ」

言葉が勝手に口からこぼれ落ちて、逃げる足に絡《から》みついた。

こんなのイヤだ。こんな自分はイヤだ。

もっと自由でいたい。もっと自分の気持ちに素直でいたい。変わりたい。心からそう思った。

けれど、その願いはあまりにも脆《もろ》く、空想のように不確かな形しか持っていなかった。

どうすれば変われるのか、わからない。今までずっと、この殻の中に隠れていたから。

それから一週間後の今日。三鈴は学校で、推薦合格の通知を受け取った。

一般入試の生徒たちより一カ月早く、しかも合格という形で受験の重圧から脱出できた喜びは大きいはずだった。しかし彼女の心は低く這《は》いずったまま、同じ悩みをつぶやき続けている。

変わりたい。変われない。

あの時泣いていた友達は、やはり不合格だった。けれど、今ではもう仲を隠すこともなくなったサッカー部の恋人と勉強に励んでいる。きっと二人で志望校に合格するだろう。

恋人も、自由な心も持っている彼女が羨ましかった。

どうすれば変われる？　高校生になれば何かが変わる？　新しい場所。新しい人間関係。そこでなら、こんな自分を捨てられる？　本当に？

何一つ保証はなく、希望は空疎《くうそ》に明るいだけで小さいまま。

──しかし。

そんな悩みも、命の危機を感じている今の三鈴にとっては、何の意味もないものだ。

「はあ、はあ、はあっ……！」

赤いオーロラの下を、三鈴は転がるように走っていた。

夕暮れ時の澄《す》んだ空気に、荒い息を何度も吐き出す。

口の中は乾いてひりひりと痛み、反対にダッフルコートの中は汗《あせ》だくだった。制服の長袖《ながそで》が腕にへばりつき、髪もべたついて頭皮を濡《ぬ》らす感触がある。しかし体は冷え切っていた。恐怖に。

三鈴は逃げていた。同時に追いかけていた。

足を止めないまま、人気《ひとけ》のない住宅街の道を振り向く。

……いる。まだいる。

一人や二人ではなく、もっと多く。

それは、伏見稲荷大社《ふしみいなりたいしゃ》のお祭りで見かけるような、狐面《きつねめん》をつけた異様な集団だった。

「あの子はどこ……？」

つぶやき、視線を巡《めぐ》らせて、走り続けた。

中学校からの帰宅途中、夕焼け空にオーロラを見た時は、はじめのうちは驚くと同時に感激していた。

オーロラは本来極圏《きょくけん》に現れるものであり、日本で観測できる低緯度オーロラを捉《とら》えられるのは計測器の目のみで、人間がその姿を見ることは不可能だという話をどこかで聞いたことがあった。

しかし、その赤いオーロラは違った。

北海道どころではなく、日本の地理的ど真ん中にある京都上空にあってなお、垂《た》れ下がるカーテンの裾《すそ》のような輝きを鮮明に揺らめかせ続けていた。

現代人の手癖《てくせ》で咄嗟《とっさ》にスマホのカメラを向けた彼女がフレーム内に見たのは、しかし自然が作り出す光の一大イベントではなかった。

映り込んだ、屋根の上の、人影。

スマホから目を離して周囲を見回してみれば、一人や二人ではなかった。通学路のあちこちに彼らはいた。

狐のお面を顔につけ、全員が判を押したように大柄で、工事現場などで見かける反射材みたいなものを取り付けたスーツをユニフォームにしているとあれば、どこかの神社が忘れられた古代の祭りを復活させたというよりも、企業か大学が大掛かりなプロモーションを仕掛けていると見る方が常識的だった。

しかし、その常識はすぐに打ち砕《くだ》かれる。

彼らは見るからに異常だった。

屋根にも、塀にも、街灯の上にも彼らは大勢いた。何かのイベントだとしても、明らかにやりすぎだ。しかも。

灯籠《とうろう》のデザインを取り入れた街灯の陰から、一人の狐面の人物が顔を出しているのが見えた。

細長い街灯は、とても人を隠せるような太さはない。にもかかわらず、彼の大きな体は、その街灯を挟《はさ》んだ反対側には存在しなかった。

まるで街灯の裏に切れ目があって、そこから彼が身を乗り出しているようだ。

よくよく見れば、彼だけではなかった。他の狐面たちも、背の低い柵《さく》やバス停の雨よけの支柱、民家の庭にある犬小屋の陰、果ては細い電線の上下など、到底《とうてい》隠れ切れるはずもない場所に体の大部分を潜《ひそ》めていた。

空で赤く揺らめく光を背に、屋根にいた一人がこちらと目を合わせたような感触があり、三鈴は震え上がった。

（妖怪だ。妖怪が出てきたんだ！）

荒唐無稽《こうとうむけい》な単語より、本能から湧《わ》き上がってくる不可解さに突き動かされ、三鈴は地を蹴《け》っていた。

理屈ではない。ただ、あれらに捕まればとてつもなく暗い場所に引きずり込まれ、二度とここには戻ってこられないという恐怖感だけがあった。

閑静《かんせい》な住宅街に人影は少なかった。いや、不自然なくらい誰もいないと、必死に逃げる三鈴には思えた。自分はもう、どこかに引きずり込まれているのではないかとさえ感じる。

「家に、家に帰りたい……」

半分パニックを起こした頭から言葉がこぼれ、足に染《し》みついた記憶が歩き慣れた家路を辿《たど》ろうとする。しかし、どこを曲がっても狐面たちがいた。

(怖い。何でこんなことに。怖い。怖い)

息苦しさと絶望が胸を押しつぶし、立ち止まりかけたその時だった。

しゃらと鈴の音が聞こえ、道の向こうに小さな白い影が現れた。思わずつぶやく。

「子犬……?」

いや、雪のように白い子狐だった。

毛玉のように丸っこい顔に、野性味のない愛くるしい垂れ目が、濡れたように光っている。誰かのペットらしく、赤い小さな前掛けをしていて、そこに鈴が一つ下がっているのが見えた。

三鈴の視線に気づいたのか、子狐は逃げるように駆けだした。

かと思えば、数歩分動いただけで立ち止まり、再びこちらを振り向く。

三鈴が何となくそちらに進むと、また走り出し、すぐ立ち止まって後ろを確認する。まるでついてきているのを確認しているみたいだった。

子狐が進む先には、狐面がいない。

藁《わら》をも摑《つか》む思いで追いかけた。

そうして、今。

三叉路《さんさろ》の真ん中に見失った子狐の姿を見つけて、三鈴は安堵《あんど》した。彼は少し待ちくたびれたのか、その場に座り込んであくびまでしていた。

（こっちの気も知らないで……）

しかしその小生意気な態度が、三鈴の心にほんの少し余裕を生んだ。

子狐ばかりを追っていた目がようやく風景にピントを合わせたらしく、見覚えのある街路に気づいた安心感が、冷え切った心を温め直していく。

（あの子、わたしの家に向かってる）

三鈴はそう確信した。

狐面たちはもうほとんどいなくなっている。きっともう大丈夫なのだろうと思いつつ、それでも三鈴は、誘導を続けてくれる子狐の後を追った。

民家と民家の隙間《すきま》から自宅の屋根を見た時は、心から安堵した。

「着いた……！」

三鈴は玄関に転がり込むと、足元に絡むように入ってきた子狐の尻尾《しっぽ》が敷居《しきい》を越えるのを確認してから、大急ぎで扉を閉めた。

即座に施錠し、ずるずると座り込む。

三和土《たたき》の砂汚れを気にする余裕もなく、ただ帰り着けた安堵感だけが三鈴に息をつかせた。

「あ、待って……」

しかしそんな三鈴を急《せ》かすように、子狐は勝手に家に上がり込み、毬《まり》のように跳《は》ねながら階段を上っていってしまう。

助けてくれた相手をまさか追い出そうとは思わなかったが、好き勝手に走り回られても困る。慌《あわ》てて靴を脱ぎ飛ばして追いかける。

果たして、子狐は三鈴の自室にいた。

カーペット敷きの部屋の真ん中、花柄のクッションの上で、稲荷神社の狛犬《こまいぬ》のようにちょこんと座ってこちらを待っていた。

これを礼儀正しいと見るか図々《ずうずう》しいと見るかは、その人と状況による。三鈴はもちろん、礼儀正しい神様の使いと見た。

「わたしのこと助けてくれたんだよね。ありがとう」

不思議なことばかりで頭の中はいっぱいいっぱいだったが、とにかく真っ先に言わなければいけないことを、三鈴は口にした。

「お礼をしたいけど、やっぱり油揚げがいいのかな。ママが作ったお稲荷さんでよければ、昨日の残りが冷蔵庫に入ってると思うんだけど」

獣《けもの》とは思えないほど理性的な眼《め》でこちらを見てくる子狐に独《ひと》り言を続けた三鈴は、次の瞬間、思わぬ返答を耳にすることになった。

「ありがとう勘解由小路さん。でもお礼には及ばないわ。ママのお稲荷さんは二日前に十個も食べて怒られたばかりだしね。九個にしておけばよかったわ」

「えっ」

三鈴は絶句して立ち尽くした。

今、この狐が、しゃべった？

その事実が、さっきの狐面の寒気を三鈴の背中に蘇《よみがえ》らせる。

「あ、怖がらないで。ごめんね。あの狐面たちも妖怪とかオバケとかそういう存在じゃないの。ただ、わたしがあなたに近づいたせいで見えるようになっちゃったみたい」

〝見えるようになっちゃった〟。それは妖怪やオバケを連想させる言葉だ。

我知らず、三鈴は後ずさっていた。手癖で閉めていた扉に背中がぶつかり、腰が抜けそうになる。すると子狐は慌てた様子で、前脚をちょこまか動かし、

「あっ、ちょっ……ホントにごめんね？　落ち着いて、怖がらないで聞いて？　何から説明しようかしら。そうだ、えっと、今からわたし変身します！　そうすればくどくど説明せずに、わたしが何者なのかも一発でわかるもんね。い、いい？　待っててね？　――へんっ、しんっ！」

一息にまくし立てると、子狐は突然、謎の変身ポーズを取った。ボワンと煙でも出ればそれらしかったのだろうが、その体は輝く無数の立方体となって膨《ふく》らむように飛散し、ある程度広がりを持ったところで内側に奇妙な現象を宿し始めた。

泡《あわ》が弾《はじ》けるように立方体が発生し、組み上がっていく。

その大きさは、子狐だった頃のサイズをはるかに超え、ちょうど人一人分にまで達していた。

やがて輝きが完全に収まり、そこには、

「ばばーん！　なんとわたしが現れた！」

「…………」

完全に見知らぬ女性が立っていた。

ふわっとしたセミロングの髪。ウエットスーツのようにタイトなインナーの上に、科学の先生のような白衣を着ている。

頭髪の左側に星やら鈴やらキーホルダーのような小物をじゃらじゃらと結び付けており、してやったりの顔と、ピースサインで目の上下を挟むアイドルもどきのポーズを全加算した結果、イコールの右側に置かれる単語はこれ一つしかなかった。

「へ、変質者!?」

「ウソ!?」

女性は慌てて自分の手を見つめ、それからすぐに、近くにあった姿見《すがたみ》で全身を確認する。

「あれっ、ちゃんと再現できてるじゃない。ということは、ひどいなー、わたしちゃん。この顔が誰かもわからないなんて。ちょっとこっち来《ま》て」

有無《うむ》を言わさぬテンションの高さに抵抗する間も与えられず、三鈴は鏡の前に引っ張りだされた。その手は温かく、物腰の軽快さから言っても、呪《のろ》いや祟《たた》りといった陰湿さは微塵《みじん》も感じない。今あるのは、変な人に対する一般的な警戒心《けいかいしん》だけだ。

「ほらよく見比べて。眼鏡も取って……はダメか。ちゃんと見えないもんね」

「…………」

言われるがまま、鏡に映った自分と女性を交互に見つめる。

自由奔放《ほんぽう》な女性に対し、ひどく地味な自分がいた。切るに切れずに背中まで届いてしまった髪、無難な眼鏡。それに比べて……ともう一度女性を見た三鈴は、あることに気づいた。

「……ママ?」

「やめて。その台詞《せりふ》は、まだぎりぎり二十代でいけると思っているわたしに効《き》くから」

胃のあたりをおさえてうつむく彼女をよく観察すると、確かに、母親よりはずっと若く見える。彼女の要望通りの年齢で違和感なく通りそうだ。ただしそれは、顔や肌《はだ》の質感がどうとかいうよりも、その子供っぽい態度が若々しく見せているようにも思えたが。

しかし問題はそこではない。

……似ている。自分と。

雰囲気《ふんいき》は全然違うのに、なぜかそう感じた。

まじまじと見つめる視線から何かを読み取ったのか、その不可思議な女性は姿勢を正すように身じろぎを一つはさみ、こう告げてきた。

「今勘《かん》づいたわね。じゃあ、答え合わせをかねて自己紹介。わたしの名前は勘解由小路ミスズ。今から二十年とちょっと先の未来から来たわ」

「……はい？」

目が点になった。似ている、ではなく、本人？

「信じられないと思うけど、タイムマシンが完成したの。わたしは未来からやって来たあなた自身。さっきの狐面たちはわたしの仲間。サポートロボットみたいなものだと思ってもらえればいいわ」

三鈴は瞬時には何も言い返せなかった。

黄昏《たそがれ》時の住宅街を跋扈《ばっこ》する狐面たちは異物以外の何物でもなかった。ちょっとしたホラーだ。けれど本当はＳＦだって？　タイムマシン。未来から来た自分。

「全然信じられないです……」

三鈴は恐る恐る素直な気持ちを伝えた。彼女が豹変《ひょうへん》し、激怒するようなことはないと思った。が、

「だよねえ～」

ケラケラ笑いだすとまでは予想していなかった。近所のおばちゃんのように手をぱたぱた振る伝統的な仕草《しぐさ》には、未来人っぽさのカケラもない。

「でもその証拠に、わたしは、わたしちゃんのことは何でも知ってるんだな～。たとえば」

つかつかと室内を歩き、何の断りもなく突然クローゼットを開け放った。

「ちょ、ちょっと……」

「んー、懐《なつ》かしい！　そしてここに！」

迷うことなく引き出しに突っ込まれた手には、ピンク色のリボンが握られていた。

「それは……。返してください」

取り返そうと伸ばした手の先に、人差し指が立てられる。

「当てようか？　これ、友達の付き合いで行った京都マルイの小物屋さんで偶然見つけたやつ。衝動買いしたけど可愛《かわい》すぎて気後《きおく》れしちゃって、結局今まで使えなかった」

「……違います」

「違わないわ。それで、これ」

女性はニマッと笑って、自分の左側頭部――アクセサリーが過剰《かじょう》装飾されている部分を見せつけてきた。三鈴はそこに、これと同じ色のリボンが交じっていることに気づいた。

「二十年たっても好きな色は好きなままね」

「偶然です。あの、わたし、そろそろ受験勉強しないといけないので……」

「何で？　今日、推薦の合格通知もらったでしょ？」

「えっ、あ……」

そうだ。

さっきから今にかけてのごたごたで、すべて頭から吹っ飛んでいた。合格したのだ。もう受験勉強はしなくていいのだ。そう気づいて口をぱくぱくさせる三鈴に彼女は、

「ああ、とぼけたんじゃないのか。そうだよね。色々と変なことありすぎたよね。ごめん。今、ちょっと難しい時期なのにね」

ぺこりと頭を下げた。そこに、さっきまでのおちゃらけた様子はなかった。難しい時期、という言葉の響きが、胸の奥の弱い部分に触る。それをごまかすように、三鈴は改めて訊《き》いた。

「本当に、未来から来たんですか？」

信じられるものがない現状、彼女が存在することだけが、肯定できそうる事実だ。

「うん。わたしはあなた。あなたはわたし」

彼女の返答は変わらない。

「ええっと……過去の自分と会ったりしていいんですか？　時空連続体が狂って宇宙が崩壊《ほうかい》したりとかしないんですか？」

「おっ、『サウンドオブサンダー』かな？」

「『バックトゥザフューチャー』です……」

「うーん。未来っ子のわたしには昔の映画はちょっと」

「生年月日、秒までわたしと同じなはずですよね!?　あと原作でいえばそっちの方が古いし、そもそもどっちもデジタル図書館のレトロアーカイブにあった作品です！」

「あれーっ？」

女性は芝居《しばい》がかった仕草で頭をぽりぽりとかいた。未来から来た神秘性もミステリアスな感じもまったくない。ただ柔らかく、奔放で、親しみやすい大人の女性。

彼女の言うことは信じられない。白い子狐から変身したことも、さっきの狐面たちのことも、まるで現実感がない。でも、自分の目で確かに見た。信じられないだけで、そこに存在した。

ならば彼女たちは本当に未来から来たのかもしれない。そうなのかもしれない。けれど、どうしても、これだけは。

「本当に、わたしなんですか？」

これだけは信じられない。

今までの短いやり取りでもわかってしまう、勘解由小路ミスズを名乗るこの女性の自由闊達《かったつ》さ。

全体のバランスを無視した過剰装飾の髪飾りだけじゃない。言葉にも、仕草にも、彼女の彼女たる所以《ゆえん》が、ひしひしと感じられる。好きでそうしていることがはっきり伝わる。

今の自分にはない、内面を自由に放散する力を彼女は持っている。

彼女は、自分を持っている。

「わたしは将来、あなたみたいになれるんですか？」

問いかけを聞いた彼女の目元に、優しいしわが寄った。

「自分の素直な声、ちゃんと聞けた？」

「……！」

「大きなウソ、ついちゃったね」

うなずいた拍子《ひょうし》に、小粒の涙が一つ落ちた。

それに続いて、後から後からこぼれ落ちた。

泣く資格なんてないことはわかってる。悪いのは全部、臆病《おくびょう》な自分。

自分にウソをついた。三年間つき続けた。

そのせいで、恋にもなれないまま恋が終わってしまった。相手を好きにすらなれないまま、大切な気持ちが終わってしまった。

告白なんてきっとできなかった。それはわかってる。それでも涙が止められない。

変わりたい。でもどうすればいいのかわからない。目の前の女性のようになれるわけがない。

不安で不安でしょうがない。苦しい。悲しい。

「大丈夫。あなたは、なりたい自分になれる」

温かい手が肩に乗せられた。

この人はこっちのことを全部知ってる。全部わかってて、優しく言ってくれる。

嬉《うれ》しかった。そう言ってくれることが、ただ嬉しかった。

三鈴はそれからしばらく、小さな声で泣いた。

女性はポケットに手を突っ込みハンカチを探そうとしたようだったが、どうやら持っていなかったらしく、テーブルの上のティッシュ箱を申し訳なさそうに差し出してきた。

三鈴は思わず笑って受け取り、鼻をかんだ。

ひとしきり泣いたせいか、気分はすっきりしていた。

彼女が懐かしそうに言うのを聞く。

「高校受験か。色々考えた時期だったな。思えば、人の心に興味を持ったのはこの時だったのかも。あんまり未来のことは言わない方がいいんだけど、わたしは学者と医者の中間みたいな仕事をしているの。砕いて言うなら、心を数値化する研究かな」

三鈴は彼女の言葉にひっかかりを感じた。

「なんかそれ、ちょっとイヤかもしれないです。心を数字で表すのって、なんだか人工物みたいで……」

鼻をすすりながら三鈴が正直な感想を述べる。不思議と、彼女の前では遠慮せずに済んだ。

女性——勘解由小路ミスズは、ちっちっと指を振る古臭い仕草を前置きし、

「それは人の傲慢《ごうまん》というものだよ、わたしちゃん。数字は人間が作ったものじゃない。自然物の最たるものなの。調べれば調べるほど、自然が数字と数式でできていることがわかる。ヒマワリの種とフィボナッチ数列しかり、ダイオウグソクムシと……あ、これはまだ未発見か。とにかく、人はただ数え方に名前をつけただけ。数字が自然のものなら、同じ自然物である人の心を数字に置き換えられるのは当たり前のことでしょう？」

いきなり小難しいことを言われたので三鈴はぽかんとし、それから妙に納得してしまった。

数字が自然なら、確かに世の中のものは大抵《たいてい》が自然物になる。

「あっといけない。こんな話をしてる場合じゃなかった」

こちらの納得顔にうんうんうなずいていたミスズは、やおら姿勢を正し、真《ま》っ直《す》ぐに見つめてきた。

「よく聞いてね、勘解由小路三鈴ちゃん。わたしは、これからあなたが出会うことになる、とても大切な二人を助けるために過去に来たの」

「わたしが、これから出会う……?」

彼女は「そう、高校でね」とうなずいた。

「一人は〝一行瑠璃《いちぎょうるり》〟という女の子。もう一人は〝堅書君《かたがき》〟という男の子」

「一行瑠璃さんと、堅書君……」

三鈴がその名前を繰り返すと、ミスズの顔が静かに微笑《ほほえ》んだ。

「わたしたちの人生に絶対になくてはならない——たとえ二人抜きでも幸せになれるとしても、決してそっちの未来へは進みたくない。そう思えるくらい、素敵な人たちよ」

「……!」

ついさっきまで和《なご》やかだったミスズの瞳《ひとみ》に、とてつもなく強い意志が宿っていた。「絶対に」なんて過剰な言葉が、確かな重さと手触りを伴って三鈴の胸に突き込まれる。

「この二人はね、やがて恋人になるの」

「こ、恋人に！」

三鈴は思わず声を上げた。ミスズはにこりと微笑み、

「とてもお似合いの二人。彼には彼女が、彼女には彼が絶対に必要な間柄《あいだがら》」

「いいなあ……。そういう関係、憧れます」

「わかるわ。でも、付き合い始めてすぐ、瑠璃は事故に遭《あ》ってしまうの」

「えっ……？」

突然の暗い転換に、体がびくりと震えた。しかし、決して深刻すぎないミスズの口調が、即座に、三鈴をある答えへと導く。

「も、もしかして、あなたが未来から過去に来たのって、一行瑠璃さんをその事故から救うため？　わたしがその人を助けるの？」

「惜《お》しい！　ほぼ正解だけど！」

大袈裟《おおげさ》な身振りまでつけて残念がるミスズ。

「彼女を助けるのは、堅書ナオミという青年よ。あなたには、その間接的なお手伝いをしてほしいの」

「堅書……。それって、一行瑠璃さんの恋人の堅書君？」

「ちょっと違うわ。あなたが会う堅書君は高校生。堅書ナオミは、彼のおよそ十年後の姿」

「え？」

状況が突然複雑化し、かろうじて追いついていた思考が置き去りにされる。

「わたしがあなたに会いに来たように、これから、堅書君にも未来の堅書ナオミが会いに来るの。将来恋人になる一行瑠璃を守れ、ってね」

「それって、未来から恋人を守りに来るってことですか？」

「そうよ」

「す、すごい！　何かの物語みたい……！」

三鈴は興奮《こうふん》した。時空を超えて恋人を救う。まるでお話に出てくるヒーローだ。

自分はさっき、もう二度と味わいたくないと思うほど情けない失恋を経験したばかり。そんな惨《みじ》めな自分が、こんな壮大な恋の物語を聞かされるなんて。

「ただ一つ問題があって、堅書ナオミのタイムスリップは技術的な課題から完全ではないの。何度も失敗して、中身のない彼の〈幻影〉だけが何体も過去の世界に送り込まれている状態よ」

「〈幻影〉……」

相槌《あいづち》を打つように繰り返すと、さっきまでの熱気が薄れ、口の中に不気味なざらつきが残った。

タイムスリップものはどうか知らないが、ワープ技術の出てくるＳＦだとこの手の事故はお約束だった覚えがある。人間の体を分子レベルで分解してジャンプさせ、目的地で再構築。その際何かの不具合があって、現れた時にはもう死んでいた——なんて。

「彼が正しくこの時代に来るためには、その〈幻影〉を消さないといけないの」

「わたしが、それを？」

念を押すように確認するとミスズはうなずき、おもむろに姿勢を正して頭を下げた。

「お願い。彼を、わたしたちを、助けて。大丈夫。危険なことは何一つさせないから」

三鈴はどきどきしていた。

自分に本当にそんなことができるのかという不安は大きい。

しかしこの人の期待に応《こた》えたいという気持ちはある。一行瑠璃さんを助けたいというのも本心だ。

過去に事故に遭った恋人を救うために、一人の青年が時空を超えてやってくる。

なんて素敵なラブストーリー。なんて素敵な二人。

そこに自分も関《かか》わっていく。恋すらまともにできなかった自分が、そんな特別な世界に足を踏み入れられる。そんな二人に出会って、助けてあげることができる。

それはきっと、これまでとは違う激動の日々になる。中学生から高校生へなんてありきたりの変化じゃなく、世界の何もかもが大きく変わるに違いない。

そこでなら、わたしも、もしかしたら。

「一つ、条件を出してもいいですか？」

三鈴は言った。

「何かしら」

顔を上げたミスズは笑って訊いた。すでにその先を知っていたのかもしれない。

「わたしは変わりたい。自分を変えたいんです。そのための手伝いをしてください。それが条件です」

まぶしい笑顔が最初の返事だった。

「お安い御用よ。頑張りましょ、わたしちゃん」

胸がまた高鳴った。新しい場所に第一歩を踏み出せたような高揚感に、背筋《せすじ》が伸びる。変われる。いや、変えるんだ。変えてやるんだ、自分を！

「じゃ早速《さっそく》行こうかしら！」

「えっ⁉　い、今からですか？」

余韻《よいん》に浸《ひた》っているさなかの発言に、三鈴は身構えた。思わず視線を投げかけた窓の外は、すでに宵《よい》の口の薄闇《うすやみ》が染み込んでいる。

「堅書ナオミって滅茶苦茶失敗してるのよ！　三百体以上の〈幻影〉が作られてる！　これを四月中頃までに、できる限り片づけないといけないわ！」

「そ、そんなに？」

「でも安心して、そんな忙しいわたしちゃんにとっておきのアイテムがあるの！」

こちらの弱音を摘《つ》み取るように言ったミスズは、白衣の内側からある物を取り出した。狐のお面だ。住宅地を徘徊《はいかい》していた狐面たちと同じものだった。

「これをつければ、あなたも彼らと同じ力が使えるようになるわ。すんごいパワーを得られるから、期待していいわよ」

少し怖かったが、三鈴は言われるがままそのお面を顔にはめた。

直後、お面と顔の隙間から何かが噴《ふ》き出した。風と水が混ざり合ったような奇妙な――しかし心地よい感触が、体の上を軽快に走っていくのがわかる。

驚いてお面を外した時には、もう変化は終わっていた。

咄嗟に鏡を見ると、体格は元のまま、あの狐面たちと同じ工事現場の人みたいな格好《かっこう》をした自分が、お面を片手に立っていた。

「こ、これでいいんですか？」

三鈴が好意的な反応を期待して向けた眼差《まなざ》しは、仏頂面《ぶっちょうづら》のミスズによってはかなくも霧散《むさん》する。何か不都合でもあったのかと不安になる三鈴をよそに、彼女はぽつりとこぼした。

「あまりにも可愛くない」

「へ？」

「こんな格好じゃ仕事のモチベーションに差し支えるわ！　女の子はねえ、可愛くなるために息してるようなものなのよ！　管理者権限を行使してコスチュームを作り替える！」

「ええ!?　何その偏見《へんけん》──ちょっと待っ……あっ、やめ、変なとこ触らないでください、にょわああああああ！」

突然飛びかかって来た未来の自分にもみくちゃにされること、約一分。

再度鏡の前に立たされた三鈴は、自分の姿に言葉を失っていた。

狐のようにぴんと尖《とが》った耳付きの赤フード。フリルとリボンをこれでもかとちりばめたドレスのようなワンピースに、サイハイ、ヒールのあるブーツ。これはまさか。

鏡の奥で、やりきった顔のミスズが優雅《ゆうが》な一礼をする。

「魔法少女赤ずきんちゃん～狐耳をそえて～。お待たせいたしました」

「何なんですかこのコスプレ!?　こんなの恥《は》ずかしいですよっ！」

三鈴は真っ赤になって自分の姿を手で隠そうとした。

「あれー？　お気に召さなかった？　とっても可愛いのに」

「たっ、確かに、服装は可愛いかもしれませんけどっ、わたしにはっ……」

似合わない。小さなリボン一つつける勇気さえないのだ。それがいきなりこんなコスプレなんて、清水《きよみず》の舞台から飛び降りるどころか、そこからテイクオフして月を目指すつもりか。

「何を甘えたことを言っているの、わたしちゃん。あなた、変わりたいんでしょ？　服装が変わったくらいで動じない！　変わりたいという乙女《おとめ》の気持ち、それは変身！　つまり魔法少女ってことなんだよ！」

「う⁉」

三鈴はたじろいだ。絶対違う気もしたが、ミスズには有無を言わさぬ妙な迫力がある。少なくともそれは、変われないでいる自分にはない力だ。

「大丈夫、とってもよく似合ってるわ。今の姿は狐面たちと同じで普通の人には見えないけど、もしどうしても気になるなら、お面をつけてもいい。でも、変わりたいと思うのなら、挑戦しなさい。挑戦こそ、人を変える最良の方法よ」

ミスズの体が突然光りだし、立方体になって弾けた。さっきと同じだ。その変化が終了すると、そこには案の定、三鈴をここまで導いてくれた白い子狐がいた。

ミスズはリスのように素早い動きで三鈴の体を駆け上がると、狭い肩に乗って顔を寄せてきた。お日様の匂《にお》いがするモフモフの毛がくすぐったい。

「残念だけど、人間の姿だとメモリ……えーっと、未来のパワーの関係で激しい動きができないの。あなたが仕事をする時はこの格好でサポートするからよろしくね」

「よ、よろしく……」

「さ、可愛い女の子と可愛いドレスと可愛いペットが揃《そろ》ったらもう他に必要なものはないわ。あの窓から盛大に行きましょう！」

「え⁉　と、跳《と》べってことですか⁉」

「そう！　うおーって行きなさい。行けーっ！」

「きゃーっ！　襟《えり》に顔を突っ込まないで！　行きます、行きますから！」

三鈴は破れかぶれで窓枠《わく》に足をかけた。

「う、うおーっ！」

跳んだ。

不意に、小さい頃、テレビで見たアニメの魔法少女の真似《まね》をして、公園の遊具から飛び降りた時の記憶が呼び覚まされた。あの時、イメージ通りの浮遊感は一瞬で、すぐに引きずり込まれるような強烈な落下に切り替わった——はずだったが。

「え⁉」

踏み切った瞬間から、すでに違っていた。

体が羽のように軽い。

重さを覚悟して持ち上げた箱が、思った以上に軽くて後ろにのけぞりそうになるように。

三鈴の体は、空高く吹っ飛んでいた。

「わ、わあああーっ！」

知らずに叫んだ声は、悲鳴ではなかった。

茜色《あかねいろ》と濃紺《のうこん》をより分けた空に、まだ数えられるほどの星。民家の輪郭《りんかく》は宵闇《よいやみ》に沈み、窓枠の形に仕切られた光だけが明るくまるで影絵のようで、空の高さに届く京都タワーが紅色《べにいろ》の番傘《がさ》みたいに艶《あで》やかに輝いていた。

真冬の風は冷たいはずなのに何も感じない。これまで暮らしてきた世界を鳥の目線で見下ろす自分に、三鈴はただただ感動していた。

体が下降していく。しかし、それさえも恐怖を伴うものではなかった。紙飛行機のようにゆっくりと、柔らかく、地上に降りていく。

「これ、すごい……！　本当に、アニメの主人公みたい」

出発前は服装のことでごねていたことなど完全に忘れ、三鈴はつぶやく。

「気に入ってもらえて何よりだわ。それじゃあ〈幻影〉を探しましょ」

「はい！　わたしさん！」

勢いで彼女をそんなふうに呼んでしまったが、意外なほどしっくりきた。変な呼び方をしたのはあっちが先だし、何よりこのおかしな呼び合い一つで、自分と彼女が繋《つな》がっていることを確かめられるような気がしたのだ。

そんな特別な気分のまま、三鈴はひとひらの雪のように、民家の屋根に舞い降りた。

「〈幻影〉はこのあたりにいるわ。見た瞬間に違和感があるはずだから、手当たり次第《しだい》に移動してみて」

三鈴は再び跳んだ。今度は高くではなく、横に鋭く。

降下中のジェットコースターのように体がすっ飛んでいった。少し怖いけど、気持ちいい。癖《くせ》になりそうだ。

不意に、左右を駆ける黒い影が見えて、三鈴はぎょっとした。

狐面たちだった。

「危険は全然ないから大丈夫。この狐面たちは堅書ナオミの〈幻影〉を探してるんだけど、存在があやふやすぎるのか、未来人のわたしたちからはそれが見えないのよね。まあ、わたしたちも普通の人からは見えないんだけど。タイムスリップの制約みたいなものよ」

「な、なんか、ついてきてるみたいなんですけど」

三鈴は周囲を見ながら言う。狐面たちはこちらを見つけるや、それまでうろついていた場所を離れてどんどん合流してきている。

「彼らは、あなたが〈幻影〉を見つけてくれると知っているのよ。位置さえ特定できれば、後は彼らが処理してくれる」

そう聞かされると、以前の不気味さから一転、何だか頼もしいような気持ちになる。三鈴は多くの狐面たちを従えながら、住宅地を飛び回った。

ほどなくして——。

「わたしさん、あれ……」

屋根から屋根へと飛び移る足を止めると、周囲の狐面たちも一斉《いっせい》に着地して、動かなくなる。

三鈴は、明かりの切れた街灯の下に佇《たたず》む人影を見つめた。

既《すで》に日は落ち、辺《あた》りは真っ暗だ。長いコートを着た人影はフードの奥に顔を隠し、周囲の明かりのなさも手伝って、暗闇が人の形を成しているようだった。

手に包丁でも握っていれば、まごうことなき通り魔の風情《ふぜい》だ。

その表面は、まるで変調をきたしたモニター画面のように不可思議な三原色の光を散らしながら、奇妙に揺らいで見える。

「わたしちゃん、何か見えるのね？」

「わたしさんからは見えないんですか？」

「こっちからは何も。でも、それなら当たりということよ」

あれが〈幻影〉。

道路を見下ろす三鈴の肩の上で、ミスズも同じ方を向きながら言う。

「〈幻影〉があると、タイムマシンのシステムが目的の時空座標を正確に確定できなくなる。〝なんかすでに本人がいるぞ〟って機械が勘違いして、弾かれちゃうのね」

「わたしとあなたは大丈夫だったんですか？　同じ勘解由小路三鈴ですけど……」

「宇宙の法則的にはオーケーのようね。同一人物といっても、わたしとあなたじゃ違うところが山ほどあるということかしら。人間が人文的に悩んだテセウスのパラドックスも、機械にかかれば一刀両断よ」

三鈴はわかったような曖昧《あいまい》な顔でうなずきながら、後でこっそりテセウスのパラドックスについて検索しようと思った。

「それで、どうすれば?」

「ちょっと待ってね。……はい、これ」

ミスズはどこからか、ハートと羽がついた妙にキラキラした棒をくわえて差し出してきた。女児向けアニメに出てきそうな魔法のステッキだ。

「これで〈幻影〉にちょっと触れるだけでいいわ。サブジェクトがマーキングされて、後は狐面たちが処理してくれる」

「ち、近づくんですか?」

三鈴は愕然とした。想像していたよりも危険な気がした。あの堅書ナオミの〈幻影〉は、見ようによっては狐面たちよりよっぽど亡霊《ぼうれい》じみている。

「大丈夫。あれは本当に影なの。あなたには触れないし、そもそも、こっちを認識するだけのパーソナリティがあるかどうかも怪《あや》しい。わたしも一緒だから、安心して」

「わかりました……」

こちらは数十体からなる狐面たちで完全包囲している。大丈夫。ちょっとステッキの先で触れるだけだ。あれは影。何もしてこない。こっちに気づきもしない。きっと、生まれて初めて犬に触ったときと同じ……。

三鈴は街路に降りると、魔法のステッキを胸に抱えるようにしながら、恐る恐る〈幻影〉に近づいた。

堅書ナオミの背は高かった。コートの上からも、細身でシュッとした体形なのがわかる。

あと、五メートル。

〈幻影〉は微動だにしない。本当はそこにいるのではなく、ただ風景に画像が張りついているだけなのではないかと思うほど動かない。

あと二メートル。

思い切り手を伸ばせば、ステッキの先が届きそうだ。

やってみたが、腰が引けている分少し足りなかった。

そろり、そろりと、夏場に虫取り網《あみ》を構える少年のごとき忍び足でまた近づく。

〈幻影が〉こちらを見た。

「ひっ――」

三鈴は驚いて、思わずその場から動けなくなった。

目が合う感触が、不思議とない。

フードの奥には、物静かな青年の面差《おもざ》しがあった。微笑んだらきっと優しそうに思える目元は空疎で、まるで何か悲壮な決意をしてそこに佇んでいるようにも見えた。

「大丈夫。何もしないわ。頑張って」

というミスズの声に励まされ、三鈴はそっと、本当にそうっと、ステッキの先端で〈幻影〉のコートの端に触れた。

直後、〈幻影〉が無数の影に押し潰《つぶ》された。

真上から飛びかかった狐面たちだった。

彼らの手が奇妙に輝き、中で光が魚のようにうねっているのがわかった。その手で触れられると、〈幻影〉は紙屑《かみくず》のように千切《ちぎ》れ、形をなくしていく。

手足を、胴体を分解されながら、〈幻影〉の虚《うつ》ろな眼差《まなざ》しが、偶然にも三鈴の方を向いた。

やはり目が合った感じがしない。何か遠くを見ている。

「ね、簡単だったでしょ?」

肩の上で言うミスズの声より、堅書ナオミの目に気を取られていた。

三鈴は彼を、未来から恋人を救うためにやって来た、熱意と決意に満ち溢《あふ》れたヒーローのような人物だと思っていた。

けれど、それは少し違うのかもしれない。

彼はひどく寂しそうだった。


最初の仕事を無事完遂《かんすい》し、夕食を挟んで十体以上の〈幻影〉を処理したその日から、三鈴の日常は一変した。

いち早く受験の重圧から脱出できたことを大っぴらに喜ばないように、学校では慎重に振る舞ったが、真に彼女の心理を圧迫していたのはそんな気遣《きづか》いではなく、もちろん、すでに踏ん切りがついているサッカー部の彼でもなく、鞄《かばん》にぶら下がった鈴型キーホルダーに化けたミスズの存在だった。

「わたしちゃんが変わる手伝いをするには、まずは日常がどんななのか知らないとね！」

と大義名分を掲《かか》げてはいたが、恐らく彼女は一から十までこっちの日常を御見通しだ。その上でついてきており、しかも、教室に誰もいないのを見計《みはか》らって話しかけてきたりする。廊下には人がいるのに。絶対にわざとだ。

それも「さっきの受け答えは硬《かた》かったな〜」とか「次はもうちょっと自然に笑ってみようか〜」とか。マネージャーか何かのつもりだろうか。絶対、こっちが焦《あせ》ってるのを楽しんでる。

学校も、家も、何も変わらず、平凡で平穏《へいおん》なまま過ぎていく。そんな中で自分だけが以前と違った。

二つの大きな隠し事。

魔法少女に扮《ふん》して、未来の自分と仕事をしている。

その未来の自分が、平然と学校についてきている。

人に知られてはいけない秘密が、何でもない日常を恐ろしく刺激的な時間に変えていた。はらはらすると同時に、わくわくして、どきどきする。特別の中にいると思える何かがある。

しかもこれは、まだ恋物語の序章にすぎないのだ。

やがて出会う少年と少女が恋人になり、少年が少女を事故から救うまでの下準備。本当の物語はこの先に始まる。

序章でここまで刺激的なら、本番ではどんなことになってしまうんだろう。今よりもっとどきどきするに違いない。その日が待ち遠しい。

変われる。こんな状況にあるのなら、きっと自分は変われる。何より、変われた自分がすぐ隣にいるのだ。できないはずがない――。

しかし、何もせずに変われるわけでもなかった。

ある日、学校から帰ってくると、ミスズは突然こう切り出した。

「この生活にも慣れてきたし、そろそろオシャレしよっか」

キーホルダーが光に弾け、大人の女性の姿を取る。

「オ、オシャレ……?」

鞄を持ったまま、三鈴は身構えた。

もうあの狐耳赤ずきんの格好には、慣れすぎるくらいに慣れてしまった。かといって、あのセンスと同じものを人前で着る勇気はない。

「いや、普通に街で着るの。そろそろね、本格的にわたしちゃんを意識改革していこうってことだよ」

ミスズは笑いながら言うと、本棚の奥まったところから勝手にファッション雑誌を取り出した。だいぶ前に結構な勇気を出して買ったものだ。そこそこの気合いを入れて読み、我が身のちっぽけさを思い知らせてくれたお礼に、書棚の奥へと封印《ふういん》された。

「それ、古いのですよ……」

「いいの。流行《はや》りの服もいいけど、まずわたしちゃんは、自分にはどんな服が似合うのか自覚するところから始めないと。友達と服屋行って、試着室で内輪《うちわ》ファッションショーとかやったこと……ないわね。記憶の限りでは」

「そんなことしたら店員さんに迷惑ですから……」

平然と店内で騒げる友人たちが羨ましい。

「はい、わたしちゃん。鏡の前立って」

「？　はい」

従うと、ミスズはこちらに向かって、写真や写生の被写体に向けて指でフレームを決める時のようなポーズを取った。

「一着目いくよー」

彼女がそう言った直後、三鈴の体は何やらデジタルチックな光の粒に包まれる。狐面で変身するときの感触に似ていた。

気づけば、可愛らしいクリーム色のカーディガンを着ていた。

「えっ、何これ！」

思わず触れようとした指がカーディガンをすり抜けて、着慣れた制服の感触にたどり着く。

「あー、それ見せかけの服なの。実物じゃないからゴメンね」

ミスズがファッション誌を見ながら言う。

「うーん、なかなか似合うわね。じゃあ次」

指フレームを向けられて、三鈴は慌てて鏡に向き直った。

ミスズの使う未来の力は、まるで魔法のようだった。三鈴はファッション雑誌に載《の》っていたコーディネートを一通り試させてもらい、さらには、髪の毛の長さまで調整してもらえた。

「はい、勇気のセミロング」

以前から挑戦したかったものの、もし似合わなかったら取り返しがつかないと二の足を踏んでいた故事《こじ》を引き合いに出すように、ミスズは余計な単語をつけてきた。

「まあ、わたしと同じ髪形だから似合わないはずないんだけどね」

彼女が言う通り、セミロングは、自分で言うのも何だが今のロングヘアより似合っているように思えた。おまけで眼鏡を消してもらい、服装もふんわりしたものに変えてもらった。

まるで別人のように軽やかだ。

「でも、わたしなんかがこんなふうになっていいのかな……?」

三鈴は急に不安になって訊いた。自分の外見だけがずっと先まで進んでしまって、肝心《かんじん》の中身がそこに追いつけていない。バレたら笑われてしまいそうだ。

するとミスズは、こんな質問を仕向けてきた。

「オシャレって何のためにすると思う?」

「えっ?　じ、自分をよく見せるため?」

今までオシャレを敬遠してきた自己弁護が混ざったか、少しネガティブな回答をしてしまう。

「ちょっと違うなあ。自分をより正しく見せるため、だね。わたしはこういう女の子ですっていう印象を集中させるためのものなの。見栄《みえ》を張るわけでも、誰かを騙《だま》すわけでもない。似合う服っていうのは、その人の方向性を手助けしてくれるものなのね」

「ええと、それじゃ……」

両肩にミスズの手が乗る。

「この女の子が、勘解由小路三鈴の理想。風のように軽やかで、ふわっとした綿毛《わたげ》のように自由自在。違う?」

「違わない……です」

すでにその理想を体現したような相手に言われ、三鈴は少し気恥ずかしくなる。

「中身を変えたければ、外側も一緒に変えること。外科的に一部分だけ手直ししてもなかなかうまくいかないわ。人間って、あらゆる部分が連動してできてるから。頭と手が、手と足が、足と心臓が、内側と外側が、服装と心境が。全部トータルで動かしてちょうどいい。そういう人間のシステマチックな部分に変に逆らうんじゃなく、うまく利用しなさい。自分の心は思ってるよりずっと未知で、手強い相手よ」

そう言うと、ミスズは例のピンクのリボンを取り出して、見た目の上では短くなった髪の左側に上手《うま》く結びつけてくれた。

「はい可愛い」

ポンと肩を叩《たた》かれた鏡の中の自分が、過不足なく揃った気がした。

ずるいな、と思う。

彼女はもう答えを知っている。こっちが納得できるゴールを知っていて、それを最適のタイミングで小出しにしてくる。あの子狐の時と同じ導き方で。

「あと、もう一つ。人から好かれる人になろうとしてもダメよ。人の好みなんて一人一人違う上に、日によって変わるからとても付き合いきれないんだから」

「じゃあ、どうすればいいの？」

「自分が好きになれる自分でいること。外も、中身もね。そうすれば、本当にあなたと合う人が、あなたを好いてくれる」

「自分が好きになれる、自分……」

繰り返した言葉が、それを待っていたみたいに胸の奥にすとんとはまった。

変わりたいという気持ちは確かにある。ではどんなふうになりたいか。今、その道しるべをもらった。

「そ、それって、どういうふうにすればいいのかな？」

三鈴はさらに先に進みたくて訊いてしまう。しかし、彼女は微笑んで首を横に振る。

「それはあなたが見つけるの。見つけた瞬間だけじゃなく、探していること自体があなたに大事なことを教えてくれる。悩むことを怖がっちゃダメよ」

三鈴は素直にうなずいた。

ミスズの言葉はどれもが、三鈴のためのものだった。将来のためだとか、誰かのためだとか、社会のためだとか、そんなおためごかし一切なしに、わがままなくらい、今、三鈴のために必要な言葉だった。

とても心強い味方を得た気分で、三鈴は、鏡に映るミスズに言った。

「なんか、わたしさんって素敵な人ですね」

「えっ」

まるで不意打ちでも受けたみたいに、ミスズの声が上擦《うわず》った。三鈴はちょっとやり返せた気分でくすくす笑う。彼女も、からかわれたと気づいたようで苦笑いする。本当は、本当にそう思ってしまったから言葉にしただけなんだけど。

「ありがと。でも、わたしちゃんがこれから会う二人も、とても素敵な人たちなのよ」

ミスズは照《て》れ隠しをするように、話を移した。

ことあるごとに彼女が語る、堅書直実と一行瑠璃。

物語の二人。

二人は完璧《かんぺき》な人間なんかじゃなくて、他の人々と同じように欠けた部分を持っている。けれど彼らは、他の誰よりも誠実にお互いを埋め合える。どこかで離れ離れになってしまっても、必ず互いに求め合い、再び巡り会う。

ミスズの言葉を、三鈴はいつも心地よく聞く。

強い意志を持ち、静かに自己を貫く、一行瑠璃。

優しく一途《いちず》で、ひたむきな努力家、堅書直実。

壮大なラブストーリーに登場する二人は、三鈴の中でいつしか憧れの対象になりつつあった。

そんな二人に、もうじき会える。

この二人と真っ直ぐ向き合いたい。それが、変わることへの一つの原動力になっている。

話したいことを話し、訊きたいことを訊きたい。向こうが言いたいことを言ってもらい、知りたいことを知ってもらいたい。

新しくなった勘解由小路三鈴で、二人と会うために。

「わたしさん、わたしちょっと美容室行ってきます！」

「行きます！　みんな！」

ピンクのリボンを結びつけた、軽やかなセミロングの髪が風になびく。

空高く跳んだ三鈴に、狐面たちの大きな影が追従する。

「張り切ってるわね、わたしちゃん！」

かつてない速力の中、首に巻きつくようにしがみついている子狐が言った。

「わたし、頑張る。絶対に頑張って、二人に出会う！」

長い髪がイヤだったわけじゃない。けれど切り落とした後で、確かに体が軽くなった気がした。服装を変え、髪形を変え、今、何もかも新しい気持ち。目指すべき自分に、自分の足で、また一歩近づけた気がした。

屋根から地上を見下ろすと、もう流し見するだけで違和感のある影を捉える。

「あそこ！」

矢のように空を駆け、突風のように道に飛び降りると、堅書ナオミの〈幻影〉に迫る。

〈幻影〉はこちらの姿を認めたかのように、逃げ出した。

驚きはない。ごくまれにこういう〈幻影〉もいた。

足取りは鈍《にぶ》い。徒歩と変わらない。すぐに追いつき、ステッキで触れる。

それまで後ろに控《ひか》えていた狐面たちが一気に加速して〈幻影〉に飛びつく。

〈幻影〉は手足をばたつかせて、わずかな抵抗を見せた。大人の男性が暴れるほど激しくはない。まるで半分眠っているかのように緩慢《かんまん》な動きだ。

〈幻影〉の暗く思い詰めたような眼差しが、偶然三鈴のそれと重なった。彼から読み取れる感情はいつだって薄弱で限定的だ。でもこの張り詰めた眼だけは、どんな〈幻影〉も揺らがずに強く持っている。

堅書ナオミもまた、大きな決意と共にこの時代にやってくる。

堅書直実と一行瑠璃を目指して。二人の未来を助けるために。

「大丈夫」

三鈴は、消えゆく〈幻影〉の最後まで失われない瞳に笑いかけた。

「あなたたちは、わたしが絶対守るから」

第二話

物語が始まる

「わあーっ」

新品の制服に身を包み、緊張した面持《おもも》ちで流れていく新入生たちの群れから、一人、春風と共に抜け出した三鈴《みすず》は、正門から立って見る高校の景色に歓声を上げていた。

京都市立 錦《にしき》 高校。

府内屈指《くっし》の偏差値を持つ学校だが、約半分の生徒はそのハイレベルな教育よりも、開校当時から近未来的だと評判だった外観に惹《ひ》かれてここを志望する。

特に圧巻なのは五階建ての校舎を縦《たて》に割るガラス張りの部分。吹き抜けのアトリウムになっており、一階はもう学び舎《や》というよりショッピングモールと呼んだ方がいい華《はな》やかさだ。

開校から時が過ぎて、近未来が明後日《あさって》くらいの距離感になっても陳腐《ちんぷ》さはなく、千年前から変わる町並みと変わらない町並みを同時に保ち続ける京都において、いまだに時代を先取りするデザインを見せつけている。

面接の時も見た校舎ではあったが、あの時は雪も降らぬ冷たく乾いた冬。桜舞う瑞々《みずみず》しい春の景観とは比べるべくもない。すべてが華やかに輝き、高揚していた。

「ついに来たね、わたしさん」

小走りをやめ、周囲の生徒たちと同じ歩調になりながら、三鈴は手に持った通学鞄《かばん》に小さく語りかける。

「ええ。いよいよね」

キーホルダーの満足げな返事を聞きながら、三鈴はこっそりと周囲を見回す。

この中にいるかもしれない。

物語を成す運命の二人。

もうすぐ、会える。

外に張り出されたクラス分けの表で、自分よりまず二人の名前を探した。

絶対にあるはずだと思いつつも緊張していた。万が一なかったら。一般受験の合格発表に付き添った母親の気持ちで、並ぶ名前を目で読み上げていく。

（あ、あった……！）

見つけた瞬間、思わず手を伸ばしそうになった。

一行瑠璃《いちぎょうるり》、A組。

堅書直実《かたがきなおみ》、A組。

あった。確かに、本当に、あった。

（よしっ……！）

それから気づく。勘解由小路《かでのこうじ》三鈴、C組。

（だめっ……！）

せめてどちらかとは同じクラスになりたかった。特に一行瑠璃ちゃん。未来の自分も、彼女のことを親友だと語っていた。

いずれ親友になる女の子。そう考えるだけで、実物に会いたくなった。けれども、あの二人が一緒のクラスであるのなら、そっちの方がいいのかもしれない。

何しろ二人には、ため息をついてしまうような大恋愛が待っている。

他の新入生たちが、慣れない敷地を硬《かた》い足取りで歩く中、三鈴は鼻歌でも歌いだしそうな身軽さで教室へと向かった。セミロングの髪は軽く、コンタクトにした視界は広い。

そんな様子を奇異《きい》に思ったのか、途中、いくつかの視線がこちらに向くのを感じたが、三鈴は気にしなかった。それがどんな意図を持った目線であれ、ただ心の赴《おもむ》くまま自分に素直に振る舞う。ミスズが現れてほんの二カ月足らず。三鈴の心は大きく変わっていた。

「こんな自由な人が隣にいたら、変わらざるを得なかったというべきか……」

「んんー？　何か言った？」

「なーんにも」

今ではちょっとくらいの独《ひと》り言、誰かに聞かれても気にしない。

あの赤いオーロラの日から今日までの激動は、もし紙の日記帳なら全ページ真っ黒になっているほど濃密だった。

処理しなければいけない〈幻影〉、ざっと三百体。猶予《ゆうよ》は六十日として、一日のノルマは五体。しかもこれは無休での話。

雨の日も風の日もあった。学校で遅くなった日も、友達と出かける休日も、病気の日もあった。もし恋人ができていたら、デートの日だってやらされていただろう。

何日分かまとめてやるようアドバイスはされていたけれど、慣れるまでは一日分でも大仕事だった。ミスズに気遣《きづか》いなんてしてる余裕はないし、自然と言葉遣いだって気兼《きが》ねないものになっていく。それらの経験すべてが、母国語のように三鈴の心に根を張っていた。

入学式が始まるまでの短い間に、三鈴は教室にいる数人の女子たちと、すでに言葉を交わしていた。すべて彼女から話しかけたものだ。

以前なら話しかけてくれるのを待つ側だった。そして、こちらから自由に話しかけられないもどかしさに、小さな落胆《らくたん》を感じていた。

そういうのは、もうしない。

入学式を行う四階大ホールへの移動が始まると、三鈴の気持ちは一気にA組に傾いた。

誰があの二人なんだろう。わくわくしながら目で探す。

あいにくA組は最前列で、こちらからは後頭部しか見えなかった。

二人の特徴はミスズから聞いているものの、さすがに後ろ姿から本人を特定するのは無理か――と諦《あきら》めかけた目が、ある一点で停止させられる。

一人の女の子の背中がある。

ツーサイドアップの髪は聞かされていた特徴の一つだったが、それより目を引くのは、ぴんと伸ばされた背中の清々《すがすが》しさ。緊張に身を硬くしているのとは異なる、すっくと立つ樹の幹を思わせる居住まいは、泰然自若《たいぜんじじゃく》という言葉を自然と脳裏《のうり》に浮かび上がらせた。背中を透かして、凜《りん》とした眼差《まなざ》しさえも想像できてしまいそうだ。

三鈴は式の間中、その少女から目が離せなかった。

式が終わると、前列のA組からの退出となった。

三鈴はこっそりと、立ち上がったA組の生徒たちを観察する。横を向いた彼らは、やはりみな一様《いちよう》に緊張した面持《おもも》ちだった。

けれど、彼女だけは、違う。

「あの子でしょ？　ねえ」

三鈴は興奮《こうふん》をこらえながら、手に握り込んでいた鈴のキーホルダーに小声で呼びかける。

「よくわかったわね」

「わかるよ。一人だけものすごくびしっとしてるもん。うん。すごい可愛《かわい》い、いや、綺麗《きれい》……！」

まるで好きな人に出会ったみたいに、三鈴の胸は高鳴った。

少しツリ目がちの大きな瞳《ひとみ》。形のいい鼻や唇《くちびる》は小顔に合った大きさで、非の打ちどころのないバランスを保っている。これまで想像してきた一行瑠璃像に遜色《そんしょく》ない――いや、一つ上の容姿が、そこにはあった。

立ち上がって駆け寄りたくなる衝動を一旦《いったん》抑え、三鈴は移動を始めた男子の側にも目を走らせる。

その中に一行瑠璃のパートナーとなる少年がいるはずだった。

しかし彼女の場合と違い、こちらはうまくいかなかった。カッコイイと思える男子は何人かいたが、瑠璃の時に走った運命的な閃《ひらめ》きがない。

いくつかの意味で困った。

「あの足元を気にしてる子がそうよ」

ミスズがこっそりと教えてくれた。

見れば確かに一人、下を向いて歩く男子生徒がいる。前の生徒との距離を気にしているようだ。

前の生徒が立ち止まると慌《あわ》てた様子で足を止めた。その際、後ろを気にする素振りも見せる。

(あの男子が、堅書直実?)

率直《そっちょく》な感想を言わせてもらえば、瑠璃に比べて、ひどく冴《さ》えない少年だった。

気配りができるから優しくはあるのだろうが、どこか気の弱さの方が目立ってしまう。まるで以前の三鈴自身。

今日までさんざん追ってきた堅書ナオミとも、似ても似つかない雰囲気《ふんいき》だった。

〈幻影〉ながら彼が表出させる物悲しさと張り詰めた決意は、一途《いちず》な性格を確かに証明していた。しかし今の堅書直実には、その強さの片鱗《へんりん》さえも見当たらない。

彼を眺《なが》める中、ミスズが言った。

「彼はこれから変わっていくの。変わりたいと願う自《みずか》らの意志によって」

「そっか……。じゃあ、わたしと同じだね」

三鈴は彼を身近に感じるのと同時に、微笑《ほほえ》んでしまうのを自覚した。

堅書直実も今の自分に満足していないのだ。きっと、もっと堂々とした自分になりたいと願っているに違いない。たとえば、一行瑠璃のようにすっと伸ばした背中に。

自然と彼女の名前と姿が思い浮かんで、三鈴は納得した。

そうか。だから、そうなんだ。だから、この二人なんだ。

三鈴は今一度、列の流れに合わせて歩き出した気弱そうな少年を見つめる。

頑張ってね、堅書君。あなたなら絶対、なりたい自分になれるから。


「勘解由小路さん、学校帰りにちょっとみんなでお茶しない？　まだお互い初日だから、軽い感じで。駅前で美味《おい》しいチョコレート食べられるとこ知ってるんだ」

放課後、活動的な女の子数名が誘ってくれたのに対し、三鈴は両手を合わせて頭を下げた。

「ごめんね、ちょっと人と会う約束してて。次はきっと行くから、ごめんね」

「いーよー。こっちこそ、予定も聞かずにごめんね。また誘うね」

短い挨拶《あいさつ》をして、三鈴は彼女たちより先に教室を飛び出した。

Ａ組に顔を突っ込むと、インコのように忙《せわ》しなく動かして彼女の姿を探す。まだ残っていた生徒たちが何事かとこっちを見てくるものの、お目当ての人物はいなかった。

「うーん、もう帰っちゃったのかな」

「どうかしらね」

ミスズははぐらかすように言った。約二カ月、風呂とトイレ以外ほぼ真隣ですごした経験則によると、ミスズがこういう態度を取るのは、答えを知っていてあえて言わないでいる時だ。そしてそういう場合、こちらが諦めなければ必ず望む場所に行き着ける。

一行瑠璃は、まだこの学校のどこかにいる！

三鈴は廊下の壁にかけられている案内板を見た。登校初日の学校は、見知らぬ迷路も同然だった。彼女はどこに行くだろう。アトリウムの下を歩くだろうか。売店を見に行くだろうか。違う。彼女なら、入学初日の新入生はまず行かないようなところでも平然と向かう。

三鈴は決め打ちで図書室へと向かった。読書好きだと聞いていた。

果たして、彼女はいた。

今日は上級生は休日らしく、図書室にいるのは一行瑠璃一人だけだった。

登校初日という今後の高校三年間を方向づけかねない重大な一日において、ある者は親睦《しんぼく》を求めて交流し、ある者は気疲れした足で学校を後にするのに対し、彼女は素知らぬ顔で椅子《いす》に座り文庫本をめくっていた。

何者も、どんな状況も、自分を揺るがせることはない。ただ我が道を行く、そんな態度で。

それを見て、三鈴の唇からため息がもれた。

これが、実物の一行瑠璃。

気づけば、肩幅に足を開いていた。

「ちょ、ちょっとわたしちゃん？　初日からあんまり派手《はで》にやらないでよ？」

ミスズが慌てて釘《くぎ》を刺そうとする。が、その言葉は、あまりにも遅い。

「るりるりるー！　会いたかったあー！」

「……っ⁉」

三鈴は瑠璃に飛びついていた。

真新しい制服とシャンプーの匂《にお》いがした。

衝撃で彼女は文庫本を机の上に取り落とし、鳩《はと》が豆鉄砲を食ったような顔で三鈴を見つめる。

「誰ですか……？」

「ああっ、と！」

はっきりとした警戒《けいかい》の色に三鈴は慌てて身を離し、胸の前で両手を振りつつ今さら笑顔で無害さをアピールした。

「ご、ごめんね。わたしはC組の勘解由小路三鈴。あなたと同じ新入生だよ。初めまして」

「今、会いたかったとか言ってたみたいですが……」

「それはその……そう、入学式で見かけて、気になったの。カッコ可愛い女の子がいるって」

「はあ……」

瑠璃はその評価が自分に向けられていることに、ピンとこないようだった。自分の容姿に無《む》頓着《とんちゃく》な性格らしい。もったいない。

しかし、これはまずい。

つい我慢《がまん》しきれずに抱きついてしまったが、二カ月恋い焦《こ》がれ続けたこちらとは違い、むこうはこちらのことなど何一つ知らない。たった今、不審者《ふしんしゃ》という唯一《ゆいいつ》の情報が枠《わく》つきで追加されたに違いなかった。つまり現状、こっちは純度百パーセントの怪《あや》しい人ということになる。

約束された輝かしい友好関係にビキビキとヒビが入っていく音が聞こえた。

何とかしないとと思い、悪足掻《わるあが》きの思考と共に巡《めぐ》らせた視線が、机の上でふと止まる。

「あれ、それ『ドン・キホーテ』？」

文庫本の表紙にその表題がついていた。有名なスペインの冒険小説だ。

瑠璃もそちらに目を向け、

「ええ。たまたま目について、わたしが知っているのとは違う人が翻訳《ほんやく》していたので、どんなものかと……」

「へえ。どうだった？　やっぱり違う？」

「こちらの方が難しい言い回しを使っていますね。読みにくさは多少ありますが、雰囲気はよく出ていると思います」

　簡素だがきっぱりとした物言いだった。三鈴は「そっかあ」と相槌《あいづち》を打ち、くすりと笑った。

「ドン・キホーテさん、案外出てこないよね」

　すると瑠璃も、初めて、ほんの少しだけ相好《そうごう》を崩《くず》し、

「確かに、旅先で出会った人の身の上話が長かったりしますね」

「あと、自分で適当に作った薬で一人だけ元気になってるのはずるいと思った」

「同じものを飲んだサンチョ・パンサは七転八倒《しちてんばっとう》だったのに、ですね」

　そろりとずらした会話が、不思議な速度をもって走り出す。さほど深くもないささやかな感想会ではあったが、話題はそこから方々に飛び、三鈴はいつの間にか長々と話し込んでいた。

（ああ、いいなあ）

　その中で三鈴はひそかにため息をつく。

　この一行瑠璃という少女は、特段、沈黙と静寂《せいじゃく》を愛しているわけではない。ただ、不必要にものを言わないだけ。そのための自分の〝型〟を持っている。相手と向き合うことを恐れず、自分の意見を言うことをためらわない型が、すでに心の形としてあるのだ。

　彼女に自分自身を好きかキライかとたずねたら、恐らく「キライです」とは答えてこないだろう。彼女は自分が思ったことをきちんと行動に移せている。三鈴が今も手探りで求め続けているものを、すでに身につけているのだ。

（いい。とても、いい）

それでいて素直だ。訊《き》けば答えてくれるし、訊いてと頼めば本当に質問してくれる。「下の名前で呼んで」なんていう初対面では馴《な》れ馴《な》れしすぎる頼みも、びっくりするくらいすんなり受け入れてくれた。

よかった。二つの意味で。

一つは、これからきっと、彼女と楽しくおしゃべりができるということ。孤独を何よりも愛していたら、こっちは楽しくてもあちらは楽しんでくれない。

もう一つは、彼女と楽しくおしゃべりができる自分が、ここにいるということ。以前ならこの凜とした態度に、気後《きおく》れしてしまっていただろう。瑠璃は沈黙を気にしないが、こちらは違う。迷惑になっていないかと距離を計り、きっと彼女の人となりを知る深い問いかけができなくなってしまっていた。それは同時に、こっちがどんな人間かをきちんと伝えることもできないことを意味する。

でも、もう大丈夫。

彼女ともっと話したいし、話してほしい。それが本心。

だからきっとわたしは、一行瑠璃と友達になれるんだ。

入学式からの数日はイベントラッシュになった。

上級生との対面式、学校案内、部活紹介、身体検査に体力測定……。中学時代なら気を張って勝手に疲れていたのだろうが、今の三鈴には、真新しいものが押し寄せてくる忙しなさが心地よかった。

こんな気持ちになれるのも、いい先生――ミスズが自分を変えてくれたからだろう。

休み時間になると、毎回違う相手に話しかける。すでに男子グループと仲良くなった子たちもいて、その繋がりで、彼らと話すこともできた。

こちらから声をかけると、明るく応じてくれる人たちばかりだった。

きっと誰もが、相手を拒絶なんてしたくない。気安く話したいと思っているのだ。

それをためらってしまうのは、自分がどう伝わるかが怖いから。

三鈴はもう、それを気にしていない。

相手がどう思うかは、相手の自由だ。こちらがどうこうできる範疇《はんちゅう》を越えている。そんなことを気にするより、自分の気持ちを素直に表に出せることが嬉《うれ》しい。

仲良くなったクラスメイトから、こんなことを言われた。

「かでのんって、ほんといい子だよね。誰とでも仲良くなれるし。才能？」

「才能？　うーん、多分、違うんじゃないかなあ。わたしは素のままだから、それを受け入れてくれるみんながいるってだけだと思う。だからいい子なのは、みんなの方？」

「……もしかしてかでのんって天然じゃなくて、思慮《しりよ》深いの？」

「へ？」

何も考えていない人間だと思われていたらしい。けれどある意味でそれは嬉しい指摘《してき》。

自然に、あるがままでいたい。自分の心に正直でいたい。

それが二カ月前、自分にした〝請求〟だったから。

ただ、ミスズとの出会いがその変化をくれたのだとしたら、一方で妙なこともプラスしてくれた。

部活動の話題が出始めた頃のことだ。

錦高校の部活動は、真剣に取り組む部と、楽しさを優先する部がくっきり分かれていた。生徒の自主性を認める校風のおかげだろう。

先輩からの勧誘もあれば、クラスメイト同士で誘い合うケースもある。三鈴は後者だった。

「かでのん、運動部に興味ない？　中学時代に何かやってたでしょ」

「え？　ううん、文化部だったけど。運動部も、今は考えてないかなあ」

「うそ？　このあいだの体力測定の時、すごく綺麗なフォームで走ってたよ」

「そうなの？　ありがと、えへへ……」

「うん。なんか、『ターミネーター2』っていう古い映画に出てくる悪役みたいだった」

「へえーっ」

家に帰って早速《さっそく》調べてみたら、警官姿のロボットが無表情のまま、ＳＬの車輪についている連結棒みたいな規則正しい動きで主人公たちを追い回していた。

横で見ていたミスズに大笑いされた。

「女の子にこれはないよ……」

三鈴はベッドに突っ伏した。

思い当たる原因は一つしかない。〈幻影〉を追っている時、ひたすら走ったり跳《と》んだりしているせいで、その形が体に馴染《なじ》んでしまったのだ。

「あはははは！　いいんじゃないこれ、カッコイイよわたしちゃん！」

「わたしさん笑いすぎ」

「〈幻影〉を消して回ってるんだから、ある意味わたしちゃんもターミネーターよ。うひひひひ、あってるあってる！」

「むうう～っ。モフる！」

「ああっ、ごめんごめん、やめ、くすぐった――あひゃひゃひゃ！」

こんなことがあったからというわけではないが、三鈴は部活には入らないことにした。

放課後の活動を一つに絞《しぼ》ることができなかったのだ。友達と遊びにいく。学校の予習復習。仕事。日替わりで詰まっているスケジュールに、部活動に専念する枠はなかった。

それに何より、日に一度は会っておかないと気が済まない相手がいる。

瑠璃。

彼女はいつも一人で平然と本を読んでいる。昔からそうしているので、気にしたこともないそうだ。ただ、三鈴が話しに来てくれるのは嬉しいと素直に言ってくれた。

「わたしもだよルリエット！」

思わず抱きついて、

「動きにくいです三鈴」

と、つれなく引っぺがされるものの、約束通りちゃんと下の名前で呼んでくれることが、たまらなく嬉しい。

そんな瑠璃の近くには、当然と言うべきか、男子の影どころか仲の良いクラスメイトもいない。

みな、彼女の静謐《せいひつ》なオーラに勝手に気圧《きお》されてしまっている感があった。ましてや、まだ自己啓発本を片手に理想と現実を彷徨《ほうこう》している堅書直実など、見えない磁力に反発される磁石のようで、席の近くを通る時でさえ微妙に膨《ふく》らんだルートを通っている。

時折見かける彼はやはりどこか心細い様子で、売店のおばちゃんの元気な声にさえ圧倒されていた。

堅書ナオミの悲壮ながらも決然とした眼差しを何度も見てきた身からすると、二人は別人のようにすら思える。

でも、と三鈴はいつも胸中で言い直す。

自分を変えるのには時間がかかる。その時の瞬間風速——心機一転よりも一念発起《いちねんほっき》よりも、毎日の積み重ねが大事。幼《おさな》い子供が周囲の会話からゆっくり言葉を習得していくように、心も時間と経験を積もらせて浮力を得ていく。

変身に明確なラインなんかない。気がつけば、気にせずできるようになっている。そういうものだ。……全部、ミスズからの受け売りだが。

だから、焦《あせ》らないで、そして諦めないで、頑張ってほしい。ほんの少し前まで同じような境遇だった自分が偉そうに言えることではないかもしれないけれど。

しかし、何はともあれ現状、二人の接点が皆無《かいむ》なことに変わりはない。

自分の世界を築き終えている瑠璃と、他人に話しかけることさえままならない直実。同じ教室にいるにもかかわらず、二人の間には天の川クラスの天文学的隔《へだ》たりが感じられる。

それが三鈴にはもどかしい。

このまま何事もなく三年が過ぎるのでは……という一抹《いちまつ》の不安は、終始受け身のまま無味乾燥な中学時代をすごした彼女自身が生き証人だった。関《かか》わろうとしなければ、隣人はただ旅人のように通り過ぎていく。二人にはそうなってほしくない。

しかし、意外なところから彼は急接近する。

委員会活動で、瑠璃と直実が同じ図書委員になったのだ。

初顔合わせの時、揃《そろ》ってやって来た二人を見て、三鈴は危うく歓声を上げるところだった。

　これからの二人を知っているからこその反応。現時点ではお互いに特別な気持ちもない二人の前で騒ぐわけにもいかず、三鈴は家に帰ってから溜《た》め込んだ快哉《かいさい》を叫んだ。

「きゃあーっ！　きたあーッ！」

「わたしちゃん、うるさい」

　瑠璃と直実を取り巻く枠が、単なるクラスメイトよりも狭《せば》まった。教室ではたった二人の図書委員。話す回数も自然と増え、その中でどうしたってお互いの内外を知っていくことになる。

それは二人が意識し合うようになるまでの最初のステップだと確信した。

　放課後に時間を使うべきイベントが、これでまた一つ増える。

　二カ月前、ここまで濃密な一日一日を、予想できただろうか。

　特別な二人がいるからだけじゃない。

　毎日何かを考え、新しい何かと巡り会っているからだ。それに真《ま》っ直《す》ぐ向き合う自分がいるからだ。

　素直な気持ちで生きるのって、本当に楽しくて、忙しい――。

「かーでーのーん。かでのんってば」

　ファストフード店のガラスに今日までの自分を写し見ていた三鈴は、目の前をぱっぱと行き来する手のひらの動きに、はっと我に返った。

「あっ、ごめん。ぼーっとしてた」

三鈴は同席する三人の友人たちに両手を合わせて謝る。

クラスメイトのサチ、トモ、ユウと訪れる駅前のファストフード店は、学校帰りに寄り道する場所としては、カラオケ店と並んですでに定番になりつつある。

「何の話だったっけ？」

「どの部活にするかって話だよー」

友人の一人――サチが言う。入学初日、チョコレートを食べに誘ってくれた少女だ。彼女は約束通り、あれからも何度か三鈴に声をかけてくれている。

「かでのんは部活入らないんだよね」

トモがテーブルの真ん中に盛られた三人分のポテトの山から、慎重に一本を引き抜きながら言った。山は絶妙な不安定さを維持《いじ》したまま形をとどめた。

「かでのん、学校終わると案外すぐに帰っちゃうよね。バイトでもしてるの？」

というトモの推察《すいさつ》に、最後の一人、ユウが身を乗り出す。

「まさか、アイドルのバイトとか！」

「アイドル？」

三鈴がきょとんとすると、サチは知った風な顔で、

「まさかっていうか、そうでしょ。空気読んで訊かなかったけど。そういうのは本人に言えるタイミングってのがあるから」

「やはりそうでしたか。わたしもですよサチさん」

トモがおどけた様子で調子を合わせると、ユウはずうんと肩に暗闇《くらやみ》を背負い、

「ごめん、わたしだけ空気読めてなかった……。もう訊かないね、かでのん」

「いや訊いて今すぐ」

この三人を放置しておくと、本人も知らない勘解由小路三鈴が爆誕してしまう。

「バイトはしてないよ。ちょっと用事が……色々あるだけ。ない時もあるよ。ただ、そうすると毎日部活動に参加できるわけじゃないから、中途半端になっちゃうなって」

「かでのんが来てくれるなら、週一だってみんな喜ぶと思うけど」

「マネージャーとかやったら、男子たちテンション上がりそうだよねー」

サチとトモが好き勝手な憶測《おくそく》を述べる中、

「待ってかでのん。サッカー部だけは見逃して」

ユウだけは肩をすぼめて頭を下げてきた。

「サッカー部？」

今更《いまさら》中学時代を思うでもないが、三鈴は何かを察した。訳知り顔のサチが話に入る。

「あー、Ｂ組の柏木《かしわぎ》君。サッカー部入るんだっけ」

「イケメンなの。どストライクなの。目元に陰《かげ》があるっていうか、クールでミステリアスな感じ？　もうすでに何人かがマネージャーの座を狙《ねら》ってるって噂《うわさ》」

「そっかー。ユウってば、そうなんだー？」

三鈴がニマッと笑って見ると、ユウは少し赤くなってうなずいた。

彼女が言う人物に思い当たる節《ふし》はあった。B組の友達を訪ねた時に、輪《わ》の中にそれらしき男子の姿があったように思う。

確かに顔立ちは端正《たんせい》で、態度は大人びていた。おまけに背も高くスポーツマンとなれば、女子に好かれる理由は十分揃っている。

しかし陰と聞いて三鈴が思い浮かべるのは、まったく別種の空気を身に纏《まと》った人物だった。

昏《くら》く、重たく、しかし強い。

一介《いっかい》の高校生どころか、大人にだってあんな目をした人はいないと思える本物の暗がり。あの周囲を息苦しくさせるような物悲しい空気に比べれば、話題のサッカー少年も口数が少ない普通の男子にすぎなかった。

「あれ？　かでのん的にはナシ？」

ユウが期待を込めた眼差しで訊いてくる。

「えっ？　あ、ううん。カッコイイと思うよ？　うん。ミステリアスだしね」

「あっ、この反応はセーフだね。柏木君はかでのんには狙われていない。チャンス」

「あはは、ユウは積極的だねえ」

トモが屈託《くったく》なく笑う。

「そりゃあ、高校生にもなったんだから、恋も勉強も本腰入れてやりたいじゃん……」

「うん！　それは大事だよ！」

三鈴は両拳《こぶし》をぐっと握って断言した。

きっとぼんやりしていたら、三年間は何事もなく過ぎてしまう。こっちから藪《やぶ》をつつくらいで、ちょうどいい。

「おお、かでのんもやる気だねえ。ちなみに、今、気になる人とかいる？」

「うーん、今はまだちょっとわからないかな」

正直、それどころではない、というのが本音ではある。

「かでのんに告られたらみんな即オーケーすると思うよ」

「そんなことないよ。それにわたし鈍《にぶ》いから、好きになってもすぐには気づかないかもしれないんだよね。中学の時そうだった。相手に恋人ができて、初めて失恋したって気づくみたいな」

「なんだこの乙女《おとめ》！」

「ちょっとやめてくださいよこれ以上可愛くなるの……」

サチとトモがポテト片手に身に覚えのない非難を浴びせてくるのを、三鈴は苦笑いで押し戻した。自然と重くなった目線をテーブルに落とし、言う。

「そんな可愛いものじゃないよ、好きな気持ちに気づかないのって。空《から》っぽなんだ。失恋の悲しみじゃなくて、その気持ちに気づいてあげられなかった自分がただただ哀《かな》しくなる。何にもならない。何もできてないから、何も残らない。それって、すごく空《むな》しくて哀しいことなの。だから、次はすぐに気づいてあげたいんだ。できるかどうかは、まだわからないけどね……」

テーブルがしいんとなってしまった。辛気臭《しんきくさ》い話をしてしまったかもしれないと、はっとなった三鈴が顔を上げるのと、ぷるぷる震えていたサチとトモが爆発するのはほぼ同時だった。

「くそっ、カメラ止めろ！」

「わたしを惚《ほ》れさせたいのか？　惚れさせたいんだろ⁉　なら惚れてやるよぉ！」

「あれぇ……？」

さらにため息交じりのユウの台詞《せりふ》がそれを追いかける。

「こんな本気なかでのんと狙いがかぶっちゃったら、それこそ手を引くしかないよー。それでなくともかでのんって時折、ガチの目する時あるしさー」

「へ？　ガチ？」

三鈴は呆気《あっけ》にとられた。

「うん。ガチ。特にこうやっておしゃべりしてるとさ、ふと街の方見て、キリッてなる時ある。あれはきっと、好みの男を見かけた時の顔なんだよ」

「えぇ……？　わたしそんな顔してる？」

「してる。わたしは見た。他の二人は……見てないの？　あれはいつもの明るく楽しいアイドルかでのんの目ではなかった。獲物《えもの》を狩る狼《おおかみ》の——は言い過ぎか、狐《きつね》くらいの目だった……！」

仰々《ぎょうぎょう》しく言うと、他二人もふざけて乗ってくる。

「かでのん恐ろしい子……！」

「かでのん、好きな人ができたらちゃんと言ってね。わたし絶対半径三メートル以内には近づかないから！」

「おーい、危険人物扱いはやめてー」

三鈴は笑って手を振った。生暖かい汗《あせ》が背中から滲《にじ》み出る。これ絶対、仕事の影響だ。

「ちなみに、かでのんの好みのタイプは？」

サチが心得たタイミングで話の焦点《しょうてん》を動かしてくる。

昔なら恥《は》ずかしくて口にできなかったことだが、今は素直に心から引っ張り出せる。

「うーん。すごく頑張ってる人かな。挑戦してる人って、すごいし、カッコイイと思う。今の自分にできないことに対して諦めずに、何度でもチャレンジする。失敗してもくじけない。そういう人は尊敬するし、応援してあげたいっ」

「ええ子や……」

「でもこれってサッカー部危ないんじゃ……」

「大丈夫、大丈夫だって——」

言いかけて、三鈴は視界の端を違和感のある物体が通過するのを感じた。

今のは——。

「かでのん?」

「あっ、みんなちょっとごめん。用事を思い出しちゃった。また明日学校でね!」

急いで鞄を掴《つか》み、席を立つ。混《こ》み合う自動ドア前で一拍《いっぱく》立ち止まるさなか、

「見た? 今のですよみなさん」

「確かにキリッとしてた。カッコイイ……!」

「可愛くてかっこよくて、おまけに性格もいいとか、もうかでのん彼氏にすれば全部解決じゃんよ……」

というような会話が聞こえた気がしたが、戻って釈明《しゃくめい》する時間はなかった。

人気《ひとけ》のない細道に飛び込むと、鞄の中から狐面を取り出し顔に装着。次の瞬間には、魔法少女モードになってビルとビルの隙間《すきま》から空へ飛び出していた。

「どうしたの、わたしちゃん⁉」

空中でミスズが驚いたように訊いてくる。変身が間に合わず、まだキーホルダー姿だ。

「今、〈幻影〉がいたよ。わたしさん!」

ビルの屋上にふわりと着地すると、その周囲に、どこからともなく狐面たちが一斉《いっせい》に降り立った。

「それはわかるけど、別に、友達との時間を中断するほど緊急なわけじゃ……」

「最近、〈幻影〉が変だよ」

ミスズの言葉を遮《さえぎ》るように、三鈴は言った。目の焦点を定めずにぼんやりと視界を広げ、さっきのファストフード店前の人の流れを全体的に辿《たど》る。何度も仕事をこなすうち、自然と身についた発見方法だ。

ややあって、騙《だま》し絵を見せられたような違和感が生じる。気になる地点を再度フォーカス。

「いた。見て、どこかに向かってる」

人混みを文字通りすり抜けながら歩く〈幻影〉があった。

三鈴は影を追って雑居ビルの屋根を蹴《け》る。

初期の頃は暗がりにただ立つだけだった〈幻影〉が、ここ最近、盛んに動き回るようになっていた。いや、明確な目的地があって、そこに向かっている節すらある。

「南……南東かな？」

三鈴はそれをじいっと観察する。狐面たちは決して急《せ》かしてはこない。いつも通り、三鈴が〈幻影〉を特定するのを待っている。

〈幻影〉はどんどん南下していく。速い。かなり活動的なタイプだ。駅周辺の繁華街《はんかがい》をあっさり抜けて油小路通《あぶらのこうじどおり》に入ると、京都タワーを通過し、鴨川《かもがわ》も越えてしまった。さらに下る。とうとう伏見《ふしみ》に入った。どこまで行く？　このまま宇治川《うじかわ》も越えるつもりだろうか？

不意に、〈幻影〉が足を止めた。

何でもない普通の通りの途中だった。

彼は周囲を見回すでもなく、いつも通りの生気のない佇《たたず》まいで、もう一歩も動かなくなってしまった。

ここまでか。

動き回る〈幻影〉の終着点はいつもこうだった。どこかを目指していたはずなのに、その途中でゼンマイが切れたように急に立ち止まってしまう。

三鈴は屋根から飛び降りると、〈幻影〉に近づいた。

立ち尽くす彼は、まだ南を見つめていた。

思い詰めた、寂《さび》しげな眼《め》だ。彼が進む先に一体何があったというのだろう。

三鈴が魔法のステッキで触れると、〈幻影〉の血の気のない顔に感情が浮かび上がった。

一瞬、高校生の直実のおどおどした、しかし柔和《にゅうわ》な表情が思い浮かんだが、一致することなく即座に弾《はじ》かれた。

焦り。それも、何かとてつもなく大切な何かを喪失《そうしつ》することへの焦燥《しょうそう》が、堅書ナオミの貌《かお》にはまざまざと刻《きざ》まれていた。

（どうして……？）

三鈴はこれを見るたびいつも思う。

どうしてそんなに追い込まれた、つらそうな表情をしているの？

瑠璃が重大な事故に遭《あ》ったのはわかる。きっと未来の医学でもどうにもできないことになってしまったのだ。それで彼がどれだけ苦しんだかは、想像するに余りある。

でも、今、堅書ナオミはそれを救う手立てを得た。

過去に遡《さかのぼ》るなんて、医療とはまったく別次元の治療法だ。それに気づいた時、彼はどれだけ狂喜乱舞しただろう。

なのに。

ようやく恋人を救えるというのに、どうしてあなたはそんな顔をするの？

〈幻影〉が中身を伴《ともな》わない蜃気楼《しんきろう》だということは理解している。この表情も、堅書ナオミ本人の心の一部のみを抽出した結果かもしれないという可能性は織り込み済みだ。

しかしそれなら、なぜ〈幻影〉はみな同じ貌なのか。

みな一様《いちよう》に悲しげなのか。

そんなとりとめのない思考を巡らせながら、決して目線の交わらない堅書ナオミを見つめていた三鈴は、彼の突然の行動に対処が遅れた。

堅書ナオミが突然走りだす。

呆気にとられた三鈴の目の前に、彼に飛びつこうとした狐面たちがわらわらと落ちてきて、小山を作った。

「逃げられた⁉」

三鈴は慌てて堅書ナオミの背中を目で追った。

すでにかなり離れたところにいる。速い。

狐面たちが追いすがり、再び飛びかかる。

しかし堅書ナオミは軽快にそれをかわして、さらに南へと向かいだした。目的地があるような足取りではない。ただこちらから離れようとしているだけのようだ。

三鈴たちは彼を追いかけた。

狐面たちが執拗《しつよう》に躍《おど》りかかるも、動きが単調なせいかすべてよけられてしまった。想像以上にこの〈幻影〉は生身《なまみ》の人間に近い。

三鈴はふと、宇治川が近くにあることを思い出した。

試しに狐面たちに指示を飛ばしてみる。

「みんな東側空《あ》けて！　西側から川に追い込むの！　そっちの人たちは南側塞《ふさ》いで！」

途端《とたん》、狐面たちの動きが変わった。

こんな雑な指示にもかかわらず、狐面たちは一糸乱れぬ連係プレーで堅書ナオミを川沿いへと追い込んでいった。

「やるわね、わたしちゃん」

ミスズの称賛が耳元をかすめる。

やがて彼はこちらの目論見《もくろみ》通り、横たわる宇治川を前に立ち止まった。

三方から追い込み、飛びかかる。もう逃げられない。

〈幻影〉は押さえつけられるまで抵抗した。これまでで一番激しい抵抗だった。

何かを叫んでいるように口が開く。南を見ている。手を伸ばす。どこにも届かない。

彼は狐面たちに分解され、消えていった。

三鈴は言いようのない気持ちで、彼がいた場所を見つめていた。

（何を焦っていたの？　どこに行こうとしていたの？）

堅書ナオミの時間移動を手助けするためだとわかっていても、かすかな罪悪感はぬぐえない。

自分は彼を、もっとはっきりとした形で助けられないのだろうか。

「おめでとう、わたしちゃん」

それ以上進みようのない重たい思考を吹き散らしたのは、ミスズの場違いに明るい声だった。

「どういうこと？」

「彼が目指していたのは宇治公園よ。そこは堅書君と瑠璃にとって、極《きわ》めて重要な場所になる」

「宇治公園……」

宇治川の花火大会で有名なスポットだ。

「〈幻影〉に徐々《じょじょ》に堅書ナオミのパーソナリティが反映されてる。転送の精度が上がってきてるの」

「それじゃあ……！」

三鈴ははっとなって訊いた。ミスズの声が弾《はず》んでいる理由がわかった。

「もうじき、本物の堅書ナオミが来るわ」

「――！」

「誤差はあると思うけど、一カ月以内には必ず来る」

とうとう、彼がやって来る。

未来から瑠璃を救いに、〈幻影〉ではない本物の堅書ナオミが。

「これからより元気な〈幻影〉が出てくると思うわ。色々動き回られて大変だと思うけど、頑張れる？」

「もちろん！」

さっき見た堅書ナオミの陰を頭から拭《ぬぐ》い去り、三鈴は快活な答えを返していた。

ここ二カ月の激動が実を結ぼうとしている。

学校では一行瑠璃と堅書直実が、同じ教室、同じ委員会に所属しその時を待っている。

たくさんの失敗を経て、堅書ナオミがこの時代にやってくる。

準備は整った。

いよいよ、物語が始まる。

第三話

直実とナオミ

四月も下旬に差しかかり、新年度開始でシャッフルされた世の中にも、一定の落ち着きが現れ始めた、ある日。

京都市内は騒然《そうぜん》とした空気に包まれていた。

直前まで晴れ渡っていた空が突然濁《にご》ったように薄暗くなり、赤いオーロラが現れたのだ。

二カ月ぶり、今年に入って二度目となれば混乱も小さいが、それでも人々がスマホのカメラを空に向ける光景は何一つ変わらない。

魔法少女姿の三鈴《みすず》は、その空の変事を京都市街でもっとも高いところから見つめていた。

京都タワー。展望台のさらに上、計測機器などが置かれた関係者以外立ち入り禁止の場所で、彼女はついにミスズからその言葉を聞く。

「堅書《かたがき》ナオミが来るわ」

待ちに待った瞬間に、動揺などあるはずもない。

「場所は?」

「待ってね。今探してる……」

未来から来たミスズなら事前に知っていてもおかしくはなさそうだったが、彼女自身が過去にやって来たことで、歴史に微妙なズレが生じているとのことだ。

オーロラを見つめながら待つ三鈴は、ふと、光の揺らめきの中に小さな影が滲《にじ》んだことに気づいた。

「わたしさん、あれ」

「え？」

　空の一部を指さす。カラスが一羽だけ飛んでいた。

　しかし、どうにもシルエットが奇妙だ。何だか、丸い。

　三鈴は右手の中指と薬指と親指をくっつけ〝狐《きつね》〟の形を作った。その指の輪《わ》から風景をのぞき見ると、まるで望遠鏡をのぞいているかのように拡大される。ミスズから教えてもらった、変な魔法の一つだ。

「カラスが飛んでるよ。なんか丸っこくて、ぬいぐるみみたい。それに足が三本ある。ヤタガラスだよ、あれ」

「――――！　わたしちゃん、それよ。追いましょう。念のため今回はお面をつけておいて。〈幻影〉じゃない堅書ナオミからは、わたしたちの姿が見えるかもしれない」

「うん、わかった」

　狐面をつけ直すと、三鈴は京都タワーの頂上を蹴《け》った。高さ百三十一メートルからの落下も、綿毛《わたげ》の速度なら怖くはない。

　着地後、ビルからビルへと飛び移りながら、カラスとは一定の距離をキープし続ける。

　カラスは丸々とした体を揺すりながら、羽ばたきの浮力とは異なる、風船じみた動きで飛んでいく。愛嬌《あいきょう》のある動きだった。子狐のミスズと遊ばせたらさぞ微笑《ほほえ》ましい光景が見られるだろう。

不意に、カラスが街中《まちなか》に急降下していった。それに合わせてビルから街路へと降りた三鈴は、カラスが舞い降りた地点を見るなり、慌《あわ》てて脇道《わきみち》へと滑り込んだ。

「堅書君……!?」

そこにいたのは直実《なおみ》だった。オーロラを見上げていたからだろうか、カラスが降りてくることには気づいていたようだが、まさか目の前に着地されるとは予想外だったらしく、目を丸くしている。

さらに一声鳴かれると、驚いて手に持っていた文庫本を取り落としてしまった。まだまだ彼のハートはおとめ座のように繊細《せんさい》だ。

カラスは目ざとくそれをくわえ上げると、再び飛び立った。

「ちょ！　それ図書館で借りたやつ！」

直実が慌ててカラスを追い始める。

三鈴はさっきよりも少し距離を開け、追跡を再開した。

自然と胸が高鳴ってくる。

今まさに、彼の前に物語が舞い降りた。

およそ二カ月がかりの下準備が終わり、本番の幕が上がる。

二人が出会うための。そして、直実が瑠璃《るり》を救うための恋の物語が。

カラスの追跡劇はさらに南方へと延《の》び、三鈴が見守る直実は、千本鳥居《せんぼんとりい》で知られる伏見稲荷《ふしみいなり》大社《たいしゃ》にたどり着いていた。参道に入っていく彼を、脇の茂みから追いかける。

まるで人払いでもされているみたいに参拝客がいないのが奇妙だった。

カラスは延々《えんえん》と続く鳥居《とりい》のうちの一つにとまっていた。直実が追いつくのを待っていたようなタイミングで、くわえていた本を投げ落とす。

「何なんだよ、一体……」

異変は、ぼやいた直実がそれを拾おうとした瞬間に起こった。

はじめはパチッという、静電気が弾《はじ》けるような小さな音。しかし音は、雨が地面を叩《たた》くようにいくつも連なり、次第《しだい》に大きくなっていく。

(何これ!?)

後方。居並ぶ鳥居を、猛烈な速度で光の粒が突き抜けてくるのを三鈴は見た。

光の粒は、鳥居の内側にある見えない壁にぶつかりながら、激流にもまれるように紫電《しでん》を散らして駆け抜けてきた。ジジという放電音が生々《なまなま》しく乱反響する中、光の行く手には、めまいでも起こしたのか頭を押さえて体を折る直実の姿がある。

「危ない！」

思わず叫んだ三鈴の声は、直実のすぐ近くで弾けた光と爆音に飲み干された。

「うおおおおっ!?」

白く塞《ふさ》がれた世界はすぐに色彩を取り戻し、閃光《せんこう》の中から飛び出してきた人影をさらす。鳥居をすっ飛んできた勢いのまま数メートルを転がった人物に、三鈴は息を呑《の》んだ。

見間違えるはずがない。この二カ月、もう背中からも顔がわかるくらい同じ人を見てきた。

(堅書ナオミ!)

顔はフードに隠れて見えなかったが、背格好《せかっこう》や、転がっているさなかでの咄嗟《とっさ》の動き、すべてがこれまで追ってきた〈幻影〉と一致する。

何も知らない直実は、突然の闖入者《ちんにゅうしゃ》に呆然《ぼうぜん》とするばかりだったが、一方の堅書ナオミにも混乱の様子が見えた。

〈幻影〉がたびたび見せたキューブ状の発光体を散らしながら荒々しくフードを取り払うと、周囲を見回してガッツポーズを取ったり、かと思えば急に難しい顔になってあごに手を当てて考え込んだりしている。

(すごい、生き生きしてる!)

〈幻影〉にはない生きた動作に、三鈴は胸の高鳴りを覚えた。映画俳優を生で見た時のような気分だ。やはり実物は影とは違う。

「伏見稲荷……?　ズレて……。これが精度の限界……」

彼の不満げなつぶやきをかろうじて聞き取った三鈴にはピンと来るものがあった。

堅書ナオミのタイムスリップは技術的にまだ完全ではない。目標の着地点とは異なってしまったようだ。

それでも、遂《つい》にやって来た。

タイムスリップのトライは三百回を超えるという。一秒間に何万回の計算をするような機械ではなく、一回一回時間をかけてやらなければいけない人間の行為としての三百回は、並の気力でできる挑戦ではない。

それがとうとう形になった。まるでよく知った友達の成功のように嬉《うれ》しかった。

三鈴は祝福するような気持ちで堅書ナオミの顔をよく見ようとした。直実と堅書ナオミを繋《つな》ぐ何かをそこに見つけたかった。

直実が、堅書ナオミのように強くなれること。

堅書ナオミが、直実のように柔和《にゅうわ》で優しくあること。

その兆《きざ》しを。

だが。

（え……？）

息が止まりそうになる。

立ち尽くす直実にゆっくりと歩み寄る堅書ナオミは、確かに少年時代の面影《おもかげ》を残していた。

〈幻影〉とは比較にならない瑞々《みずみず》しい活力。命を感じさせる足取り。それはある。

しかし、三鈴にはもっと別のものが見えていた。生気ある躍動《やくどう》感の膜《まく》に隠された堅書ナオミの内側にあるもの。

強烈な陰《かげ》。――悲壮。

これまで〈幻影〉だけを見続けてきた彼女には、堅書ナオミが彼らと同じものを有しているという嗅覚《きゅうかく》が自然と働いた。いや、〈幻影〉が漂わせていた悲壮感など、あれらの乏《とぼ》しいパーソナリティ同様、ごく一部でしかなかった。ホンモノの薄闇《うすやみ》は、実物の彼の中にこそある。

どうして。さっき、過去の世界に戻れたことをあんなに喜んでいたのに。子供みたいにガッツポーズしていたのに。嬉しいはずなのに、どうして。

まるであの外見はすべてまやかしのように思え、三鈴は身震いした。

彼は本当に堅書直実なのか。本当に恋人を助けに来たのか。高校生の直実と、堅書ナオミがどうしても繋がらない――。

「わたしちゃん、もういいわ。今日のところは一旦《いったん》離れましょう。彼に気づかれると面倒《めんどう》なことになる」

「あ、う、うん」

いつもより強い口調で言ったミスズに素直に従い、三鈴はそっと茂みの奥に後退した。半《なか》ば、危険な獣《けもの》から後ずさりで逃げ出すように。

伏見稲荷を出ると、いつの間にか赤いオーロラは消え去っていた。

ビルの谷間を軽快に飛び越える風で、堅書ナオミに対する疑念を洗い落としながら、三鈴はふと、ある大きな問題に気がついた。

「ねえ、わたしさん。堅書ナオミがこの時代に来たのならもう〈幻影〉は現れないんでしょ？　わたしたちはどうなるの？」

もうお別れなの？　という言葉を咄嗟に避け、曖昧《あいまい》に問いかける。

するとミスズはくすりと笑い、

「あら、〈幻影〉ならまだ現れるわよ」

「へ？」

「タイムトラベラー相手に、時間を一方通行で捉《とら》えちゃダメ。堅書ナオミはこの付近の時空っていう〝的《まと》〟を狙《ねら》って大量の自分を送り込んでいるから、当然、この後の時間にも失敗した分が現れる。ただ、すでに本物の堅書ナオミという存在がいる以上、〈幻影〉の方は誰かに観測される前に消えてしまうでしょうから、事実上はあなたの言ったとおりなんだけどね」

「ええと、じゃあ、つまり、やっぱり……？」

子狐は器用にウインクした。

「ここからは仕事変更。堅書ナオミがちゃんと二人を結びつけられるか見守りましょ。瑠璃を救えるかどうかが一番大事なことだしね。いいかしら？」

「……あっ、うん！　わかった！」

三鈴の声は弾《はず》んだ。よかった。まだミスズと一緒にいられる。その気持ちがさっきまでの懸《け》念《ねん》を忘れさせた。

そうだ。まだまだ物語に関《かか》わっていけるんだ。

もちろん、瑠璃の友人として近くにいることはできるが、さっきのように現場に飛び込んでこっそりのぞき見するには、この赤い狐頭巾《ずきん》は圧倒的に便利だった。

これでしっかり二人を見届けよう。

（それに、堅書ナオミに対しても……）

二人の恋のキューピッドと呼ぶには、堅書ナオミの眼《め》は暗すぎる。本当に彼に任せて大丈夫か不安だった。けれど、ミスズが一緒にいてくれれば、何かあった時に正しい道を示してくれるはず。もしかすると本当の自分の役目は、これからなのかもしれなかった。


「わたしちゃん起きて」

「うーん……」

「起きろー！」

「うっひゃっ⁉　ちょっとわたしさんどこに入って——きゃははははっ、くすぐったいくすぐったいやめてやめて！」

襟元《えりもと》に鼻先を突っ込んで暴れる子狐を引き剝《は》がすと、三鈴は眠気を引きずったまま柱時計に目をやった。

「うぇー？　まだ六時だよ。どうしたの？」

「あっちのバディが動き出したわ。見に行きましょ」

そう言われて、まぶたがバチーンと開いた。

「堅書君と堅書ナオミ⁉　すぐ行く！　ちょっと待って、髪とかして顔も洗って――」

「頭巾かぶっちゃえば平気。あと狐面もね、はい、へんしーん」

子狐の前足で器用に押しつけられたお面にて変身。狐ずきん魔法少女となった三鈴は、一階で朝食の支度《したく》をする母親に挨拶《あいさつ》もしないまま、二階の窓から飛び出すことになった。

「二人《ならび》はどこにいるの？」

「雙ケ岡《ならびがおか》の古墳《こふん》ね」

「あっ、そこ昔遠足で行ったことある！」

「奥まったところにいるわ。気づかれないよう遠くから観察しましょ」

朝の餌場《えさば》へ出勤する鳥たちに混じってビルを飛び渡り、北上。

途中、こちらを嗅《か》ぎつけた狐面たちが集まってきてしまったが、今回は用向きが違うことを言葉で伝えると、何だか寂《さび》しそうに去っていった。まだ人影もまばらな山陰本線花園《はなぞの》駅を越えたところで、道に降りて身を隠す。

「こんな時間から二人は何をしてるのかな？」

三鈴はミスズに訊《き》いた。

「朝練ってところね。堅書君ったら文化系なはずなのに、いつの間にか体育会系みたいになっちゃってもう……」

「ママ?」

「やめて」

雙ヶ岡は平らに整備された町の中にある、こんもりと盛り上がった森で、標高は百十六メートル。何通りかのハイキングコースが整備されているため小学生も遠足に訪れるが、迂闊《うかつ》にルートからはずれると遭難《そうなん》するくらいには本格的な森林地帯だ。

「二人がいるのは二の丘ね」

一の丘、二の丘、三の丘と並んでいて、気楽に歩けるのは一の丘くらい。二人はかなり人気《ひとけ》のないところを練習場に選んだようだ。

三鈴は慎重を期して、一の丘の木の枝葉の中から二人の様子を眺《なが》めた。狐のハンドサインの望遠鏡がなければ何も見えない距離。変に木を揺らさなければ、気づかれる心配はないだろう。

直実が青い手袋をはめ、地面に手をついていた。

「何をしてるんだろう」

「権限による干渉《かんしょう》を感知」

ミスズがそう言った途端《とたん》、直実の手の甲《こう》に奇妙な光が浮く。水底で身じろぎする魚のように体をくねらせた光はすぐに消えうせ、ナオミが何かを確認するように近づいていくのが見えた。

直実の手にある白い何かをしげしげ見つめると、「まああだな」とでも言ってそうな顔でうなずく。

「あれは何？」

「わたしちゃんの魔法少女服を作ったのと同じ力よ。色々できちゃう魔法の手袋ってところ。彼はあれを使って、堅書君に瑠璃を救わせようとしている」

未来人が過去に対して物理的に干渉するのは困難、という話はミスズからも聞いている。だから自分が駆り出された。あるいはそれは、過去のものに迂闊に触れて歴史を変えないようにする安全装置の一種なのかもしれない。

それはいいのだが、

「……あれで、瑠璃の心を操《あやつ》っちゃったりはしないよね……？」

陰の染《し》みついた堅書ナオミの横顔を遠望しながらぽつりと訊くと、ミスズは一瞬の沈黙ののち、ブーッと噴《ふ》き出した。

「大丈夫。そこまでのことはできないし、しないわ。なあに？　堅書ナオミが、瑠璃に無理やり恋をさせるような悪い魔法使いに見えた？」

「そんなことないよー。シンジテタヨー」

「ほーん？　堅書ナオミの悪口は許さないコン。そんなこと言う子にはこうコンっ」

「きゃひっ⁉　ちょっとわたしさんそんなところに顔突っ込まないで、きゃははくすぐったいってば、あははは……あ？　……あわわ落ちる落ちる落ちる落ちるあああああ──」

落下しながら木の枝を折りまくり、最終的に地面近くで引っかかって木くずや葉っぱまみれになった三鈴は、やりすぎたことを謝るミスズの声を聞きながら思った。

勘解由小路《かでのこうじ》ミスズにとって、堅書ナオミもやっぱり一行《いちぎょう》瑠璃と同じくらい大切な人なんだと。


新しい仕事初日の朝は、そんな感じにすぎていった。


直実の表情が微妙に違うことに気づいているのは、三鈴だけのようだった。

A組の友人に会いに行くついでにいつものように二人の様子を探る。

瑠璃は変わらず、周囲で起こることにまったく無頓着《むとんちゃく》なまま静かに文庫本を読んでいる。

直実も同じく、特に目立ったことはしていない。

しかし三鈴は、時折ぴたりと定まるその視線に、ある兆しを読み取った。

──秘密。

三鈴はその顔を知っている。

鏡に映った自分。ミスズというパートナーと、未来に出会う二人のための仕事という二つの秘密を抱え、これまでの日常がひそかに非日常へと裏返った瞬間によく似ている。

彼も秘密を持ち、そして役目を得た。

目的意識は世界を変える。漫然《まんぜん》と広げていたエネルギーが、正解と思う向きへと進むようになる。それが大切な人を守るという重大な目的ならなおのこと。

この約二カ月で三鈴がつくづく実感したのは、外側から押し寄せる必要性ほど人を即座に動かすものはないということだ。

いくら「変わろう」と意気込んでも、要望も結果も所詮《しょせん》は自分の内側のみで起こること。最終的にはいくらでも妥協《だきょう》できるし、甘やかせてしまえる。

しかし外側に対処する場合は違う。外側はこちらを待ってはくれない。あちらの都合で動いてくる。人はどうしたって、それに間に合うよう行動せざるを得ない。

彼は変わろうとしていた。そして今、現実も彼に変わるように求めている。

（わたしと同じように）

この一致は強力だ。体感した自分が言うのだから間違いない。

彼はここから劇的に変わっていける。

堅書ナオミは、まだ少し油断ならない気はするが。

（頑張れ）

三鈴はそっと胸の中でエールを送ると、素知らぬ顔で友人との会話に興《きょう》じた。

その堅書ナオミだが、こちらと違って、常《つね》に直実と行動しているわけではなかった。用がある時だけ現れるようだ。

昼休み、校内を二人で歩いているのを見かけた時はぎょっとした。

誰も堅書ナオミを認識できていない。人や物に対して体がすり抜けてしまうのは〈幻影〉と同じ性質だ。

もし自分だけが反応すれば、彼にすぐ勘《かん》づかれてしまう。なのに、〈幻影〉を追い回していた時の習《なら》いで、目がやたらと彼を探してしまうからたまったものではない。

三鈴はいかにも友達を見つけた足取りで、直実の横を——堅書ナオミの体を通り過ぎた。すり抜ける瞬間、半袖《はんそで》から出る皮膚《ひふ》の上を、弾ける泡《あわ》が駆け抜けていくような感じがしたのは、ただの気のせいか。

堅書ナオミの目的の一つは直実と瑠璃をくっつけることだが、この数日の間、目立った動きはなかった。

しかし——。


「とおっ！」

放課後になるや三鈴は帰宅する暇《いとま》も惜《お》しんで変身し、ソーラーパネルが並ぶ学校の屋上へと降り立った。

堅書ナオミの来訪から三日。今日、何かが起こる気がした。

校舎内に一人立つ彼が、何やらノートを取り出して確認しているのを何度か目撃している。

ノートの中身はわからないが、表紙には『最強マニュアル』という謎の一文。こちらを警戒《けいかい》させるに十分だった。

三鈴は子狐を肩に乗せ、屋上から、同じバスに乗り込む直実と瑠璃を確認する。

「見て、わたしさん。堅書ナオミが一緒にバスに乗ってる」

直実は帰宅にあのバスを使わない。それがわざわざ瑠璃と同じタイミングで乗り込み、しかも堅書ナオミまでいるとなれば、これは何かが起こるに違いなかった。

彼がおかしなことをしないよう、しっかりと見張らなければならない。

三鈴は指狐の望遠鏡を目にあてがったまま、バスを追って建物の屋根から屋根へ飛び移る。

しばらく大人しく運ばれていた直実に、動きがあった。

堅書ナオミと何度か目配《めくば》せした後、文庫本を床に落とす。わざと落としたようだ。堅書ナオミの指示らしい。ちょうどバスが揺れ、文庫本は床を滑っていってしまう。

すると今度はそれを追いかけ、拾おうと屈《かが》み込んだ。何だか納得がいっていない表情が見える。これでは確かに意味不明。堅書ナオミは一体何をさせたいのか？　怪《あや》しい……。

立ち上がろうとした拍子《ひょうし》に、直実の頭が、近くにいた誰かのお尻《しり》にぶつかってしまった。

相手は瑠璃だった。

「ナオミイイイイイ！」

「落ち着いてわたしちゃん！」

ビルの屋上で地団太《じだんだ》を踏む三鈴を、ミスズが必死になだめる。

「落ち着いてられないよ！　堅書君、瑠璃のお尻に頭突っ込んじゃったよ！　ああいうデリケートなとこはわたしもまだ自重してるのに！」

「ちょっとわたしちゃん！　いずれするつもりみたいなこと言わないで！」

「何よ！　どうせわたしさんも瑠璃とイチャコラしたんでしょ!?」

「ハイ！　楽しかったです！」

三鈴たちが騒いでいるうちにバスが停車し、瑠璃と直実が降りてくる。

「どうするのあれ？　瑠璃絶対怒ってるよ、あっ……」

瑠璃が、堅書ナオミごと直実をひっぱたくのが見えた。

平手は諸悪の根源たる堅書ナオミをすり抜け、素直に指示に従っただけの直実の頬《ほお》に、一季節ほど早い紅葉《もみじ》の葉っぱを刻《きざ》み込んだ。

冬の雪景色もいいけれど、やはり京都は秋だなあ、と三鈴は何となく思った。

翌日、昼休みに瑠璃を訪ねて、それとなく昨日のことについてたずねた。

もちろん、バスでのできごとなど三鈴が知りうるはずもないので、あくまで「ちょっと機嫌悪そうだけど、昨日の放課後に何かあった？」くらいの訊き方で。

「何もありません」

（わあ……）

仏頂面《ぶっちょうづら》でそれだけ言った彼女は、それから一切この話題について話さなくなった。説明してもらえれば、ある程度直実をフォローする腹積もりだったのだが、これでは何も言い出せない。

瑠璃はもし恋人が浮気などしたら、お互い正座したまま向かい合って、小一時間ほど無言のまま相手の眼を見つめ続けるタイプだろう。

想像の中で彼女と相対して座るのは直実だった。彼が浮気なんかするかどうかは別として、瑠璃ににらまれた直実は一分ともたず畳《たたみ》に額《ひたい》をこすりつけていた。

「ねえ、わたしさん。あの人に任せて本当に大丈夫なの？」

「まあまあ。成り行きを見守りましょう」

不安しかない三鈴に対し、ミスズはあくまで楽観的だった。

事態が急展開を見せたのは、放課後、委員会が始まる直前のこと。

三鈴がハラハラしながら視界の隅《すみ》で様子をうかがう中、直実が意を決したように瑠璃に話しかける。

「昨日はすみません、これを拾おうとしていて……」

直実が何かを瑠璃に差し出したようだった。

「探していました」

瑠璃の声に驚きと感謝の色が混じる。彼女が謝りつつ頭を下げるのが見え、直実も「こちらこそ……」とぺこぺこ答礼する。

その後の二人の会話は、いつもより高い音で三鈴に届いた。

(何だかよくわからないけど、うまくいったの……?)

直実は本と一緒に、瑠璃にとって大事な何かを拾っていたようだ。昨日、堅書ナオミが彼を床にしゃがみ込ませたのは、それを発見させるためだったのか。

三鈴はふと、窓の外に堅書ナオミが立っていることに気づく。ついそちらを向きそうになるが、首の運動をする謎の挙動でごまかした。

堅書ナオミがノートを閉じ、満足したようにうなずいたのがわかった。

どうやら、彼の思惑《おもわく》通りに事が進んだらしい。

「ね、大丈夫だったでしょ?」

ミスズがなぜか自慢げに言う。

どうやらあのノートには、未来のことが書かれているようだ。恐らくは、彼が瑠璃と恋仲になった過程。まめそうな彼なら、元は日記帳であったのかもしれない。

堅書ナオミは直実に、自分の行動をなぞらせようとしている。それが二人が付き合う正解ルートということなのだろう。『最強マニュアル』とは、つまりそういうことか。

そんなやり方ずるい!　とも思ったけれど、恋のマニュアルについては女の子向け雑誌で毎号のように取り扱われているので何も言えなかった。

セクハラ案件に思うところはあるが、しばらくは黙って見守るしかないようだ。

直実と瑠璃が帰宅した後も、三鈴たちの仕事は終わらない。

バスでの事件の解決とはまた別の日。三鈴は指狐の輪を通して、直実の部屋の様子を見ていた。

壬生坊城町《みぶぼうじょうちょう》にある色あせた市営住宅。それが彼と家族の住まいだ。見やすいバルコニー側に部屋があるのは幸運だった。

畳敷きの室内に、簡素なベッド。男子の部屋を見るなんて初めてなので、ちょっとどきどきしてしまう。

完全にただののぞきだ。まったくほめられた行為ではない。ただ、堅書ナオミが彼に接触したので、また何かをすることは間違いなかった。仕事であり、好奇心からではない。うん。

堅書ナオミはすぐに立ち去り、直実は机に向かっていた。

「勉強でもしてるのかな？」

ごく浅い三鈴の予想に対し、相棒《あいぼう》からの返事は大事《おおごと》だった。

「手紙を書いてるみたいよ。瑠璃宛《あ》てに」

「えっ⁉　まさか⁉」

「古式ゆかしい恋文を想像してるのなら、期待散るらむね。委員会からの連絡を書いてるだけよ」

「ええ？　確かにさっき委員長からウィズ来てたけど……。あっ、瑠璃って機械音痴《おんち》でスマホまともに使えないんだった。うーん、こんなことならウィズの設定してあげるんだったな」

〝ウィズ〟は誰もが使っているチャットアプリだが、瑠璃とはスキンシップ込みで直《じか》に話したかったので後回しにしていたのだ。

「そう？　手書きの手紙っていいじゃない」

「確かに、もらったら嬉しいかもしれないけど。ウィズより特別な感じがするし……」

するとと子狐はくすくすと笑った。

「特別さを感じるのは、もらった方だけじゃないわ」

「え？」

「読む方は、残念だけど、実はウィズでも手紙でも心への刺激にそれほど大きな違いはないの。記念品として大切にする人はいるでしょうけどね。特別さを感じるのは、書いている方よ」

「書いてる方？」

「一画一画書きながら、その内容に即して自分がどういう気持ちで相手を見ているか、どんどん自覚していってしまうものなの。手紙が特別なのはそういうところ」

三鈴は驚いてしまった。確かに、そういう見方はできる。

手紙をもらって嬉しいというのは、ある種の社交辞令なのかもしれない。祖父母ですらウィズを使う時代だから、三鈴が手紙をもらったことは一度もなかったが。

今、直実は、単なる業務連絡を書き連ねながら、瑠璃への想いを育《はぐく》んでいるのだろうか。指をタップさせ、予測変換を拾い上げるシンプルな動作ではなく、複雑に絡《から》み合う文字の画線の中で、自分の心に刺激を与え続けているのだろうか。

ミスズが言うことが科学的に正しいかどうかは知らない。でも、正しい方が、素敵《すてき》ではないだろうか。事務的な文面の手紙が、実は恋文寸前の一通である方が、不器用な二人にはふさわしいのではないだろうか。

三鈴は微笑《ほほえ》んで、肩にいる小さな子狐に頬を寄せた。

「わたしさんてロマンチストですよねー」

「ふふふ。その言葉はそっくり返すわ」

どうやら手紙を書けと催促《さいそく》しに来たらしい堅書ナオミに、称賛を贈るしかないようだ。

彼は確かに、二人のために過去にやって来ていた。


直実は這《は》いつくばっていた。

まるで打ちのめされたボクサーのように。

しかし彼はテンカウントに抗《あらが》うように立ち上がり、もう何度目かになる、手のひらを上に向ける動作を見せた。

青い手袋の内部で、光が絡み合うように揺らめき、何かの物体を生み出す。

曰《いわ》く、あれは、水兵リーべ僕の船で列挙される元素のうちの一つらしい。

傍《かたわ》らに立つ堅書ナオミがそれを見つめ、厳しい顔で首を横に振った。

直実は今度こそ力尽きたように、頭を抱えてひっくり返る。さっきからその繰り返し。完全に壁にぶち当たってしまっている。しかし少しすると、また立ち上がろうとする——。

「ああ、ああ、あああ。もう。ねえ、わたしさん。あの人厳しすぎるよ。堅書君、もうへろへろだよ」

再び、雙ヶ岡での朝練。

遠く離れた枝葉の隙間《すきま》からその様子を見ていた三鈴は、助けを求めるようにミスズの尻尾《しっぽ》を摑《つか》んだ。ミスズはあくびを嚙《か》み殺しながら、

「わたしちゃん、それ何度も聞いたよ。別に暴力を振るってるわけでもないし大丈夫でしょう。あれ、体力っていうより頭とか集中力を使うやつだから。それはいいとして、わたしちゃんまで毎日朝練に付き合わなくていいのよ。放課後にだって進捗《しんちょく》は確認できるんだから」

「よくないの！　頑張ってる人がいるんだから、気になるでしょ！」

「まー、勘解由小路さんは頑張る人が好きだけどさあ。ハードワークってことに関しては、〈幻影〉追いかけてた頃のわたしちゃんだって相当なものだったよ？　そんなに心配しなくてもいいんじゃない？」

「わたしのことはいいの！　……それにわたしとは全然状況が違うよ。いつもわたしさんがそばにいてくれたし、この服だって着てて楽しかったし……」

「彼にも堅書ナオミがいるわ」

「堅書ナオミは優しくないし、一緒に楽しそうにしてるところも見たことない。それに堅書君ともあんまり似てないし……」

「ん……」

　ミスズが身じろぎするのを肩で感じ、三鈴は口を滑らせたことに気づいた。

「ごめんなさい。わたしさんにとって大切な人なのに……」

「え？　あ……ああ、いいのよ。そのとおりだなって思っただけだから」

「え？　やっぱり？　わたしさんも似てないって思うの？」

「まあね……」

　歯切れの悪さは、こちらより堅書ナオミの事情に通じているからか。が、三鈴はちょうどいい機会だと思い、これまで考えていた話題へと繋げた。

「もっとね、堅書君を支えるものが必要だと思う。わたしさんだって、最初にモチベーションがどうとか言って、わたしの服を変えてくれたでしょ？　ああいう些細《ささい》な気配りでいいの」

　実際、あれでいろんな服への抵抗値がほぼゼロになったのだから、一石二鳥どころの話ではなかった。「うーん」とうなったミスズは動物の顔に可愛《かわい》らしい渋面《じゅうめん》を浮かべ、

「どっちも男の子だし、自分だし、堅書ナオミはそのへん、情け無用で無頓着でしょうねえ」

「何とかしてあげられないかな」

「こっちとしては、なるべく二人には関わりたくないわ。特に堅書ナオミは、こっちの存在に気づいたら間違いなく警戒する。そこで彼の集中力が分散してしまったら、堅書君に割《さ》ける時間も変わってくる。そうなったら、わかるわね？」

話題を断ち切るような少し強い物言いに、三鈴は渋々《しぶしぶ》うなずいた。

彼らの目的はすでに決まっている。瑠璃を事故から救うことだ。それが何より大事なことは重々承知《しょうち》している。

ミスズの言うとおり、堅書ナオミは警戒心が強いだろう。猜疑心《さいぎしん》も強いかもしれない。彼の邪魔はこちらもしたくない。誰も得をしない。

それでも。這いずり回る直実に何かできないのか。

誰かが、「あなたが頑張っていることを知っている」と囁《ささや》いてあげることはできないのか。

のぞき込む指狐の輪の中で、直実はまた一つ失敗を重ねて、地面に倒れ込んだ。


——その翌日の放課後。

友達と話し込むうちに、校舎内からはすっかり人気がなくなっていた。

グラウンドの運動部が、クールダウンの号令を重ね合わせるのを聞きながら、三鈴は鞄《かばん》を取りに教室へと向かっていた。すぐ戻ると言ったのに長々と待たせたから、ミスズはお怒りだろうか？　そんなことを気にして速くなる足は、ふと、夕日の差し込むA組の前で止まる。

誰もいない教室で、一人の生徒が机に突っ伏していた。

直実だ。

誰も来そうにないことを確かめてから、三鈴はそうっと近づいた。

たまたま前の席の椅子《いす》が後ろに下がっていたので、座ってみる。

間近《まぢか》で見る直実は、打ちのめされていた時は小さく見えても、やはり男子の体格だった。

寝たふりなんかじゃない。完全に熟睡している。

毎朝、堅書ナオミにしごかれているせいだ。

肉体的な疲れというより、精神的な摩耗《まもう》であるらしい。長時間の脳の酷使《こくし》は、マラソンが終わった後のような爽快《そうかい》感をもたらしてはくれない。ただただ意識が閉塞《へいそく》するだけだ。

「うう……」

直実が何やらうなり始める。苦しんでいるというより、苦心して何かを成し遂《と》げようとしているような声だ。まさか、夢の中でも特訓しているのだろうか。

「……鉄」

ふと好奇心が頭をもたげ、三鈴は堅書ナオミの真似《まね》をしてつぶやいた。

「フガッ」

直実が枕にしていた腕を中途半端に持ち上げた。

三鈴は驚いて、思わず彼の寝顔をのぞき込んだ。

……大丈夫、寝ている。寝ていながら、反応してきたのだ。

なんて一生懸命な人だろう。

夢の中で特訓に成功したのか、彼の寝息は安らかなものに戻り、表情はどこか笑っているふうでもあった。

「ごめんね、疲れてるのに……」

三鈴は目を伏せて、つまらない悪戯《いたずら》を詫《わ》びた。

今がどんなにつらくとも、彼のゴールはまだずっと先にある。

小さな成長を積み重ねながら、しかしそれは同時に、本番へと徐々《じょじょ》に追い詰められているということでもあった。

(大変だよね……)

瑠璃を救うという意志が、彼を支えているのは間違いなかった。

彼と瑠璃の距離はまだ遠い。彼女は直実のことを同級生の一人としてしか意識していない。

それでも、こんなに頑張っている。

三鈴はふと、疲れ果てて眠る彼の頭を撫《な》でてやりたくなった。

仕事のたびに、ミスズは自分を褒《ほ》めて労《いたわ》ってくれた。それだけで疲れが和《やわ》らいだ。だから誰かが彼を褒めてあげないと可哀想《かわいそう》だと思った。まだ何も知らない瑠璃は、そうしてはくれない。彼だけが孤独に戦っている。それを自分だけが知っている。

「頑張れ、男の子」

ささやくように言い残し、そっと教室を出た。

一つの考えが、頭の中で形になりつつあった。

「ルンルーリン、堅書君、委員会のことでちょっと話があるんだけど、三人でお昼一緒に食べながらどう？」

怪訝《けげん》そうな瑠璃と、手にしたねじりパンをぽとりと机に落とした直実。どちらの反応も、三鈴にとっては想定通りのものだった。

翌日、昼休み。

昨日思いついた作戦の第一段階を、三鈴はつつがなくこなしていた。

名付けて、委員会活動にかこつけてお昼休みをトゥギャザーさせようぜ作戦だ。

この計画を、三鈴はすでに昨晩、ミスズとじっくりと話し合って決めていた。

堅書ナオミの邪魔をするつもりはない。

瑠璃を救うのが第一。これは揺るがない。だから、彼の特訓が厳しいことには口出ししない。

しかしもう一つの目的。直実と瑠璃が恋人になることは、こちらからも何か手助けできるのではないか。

バスの一件を見るに、未来を知る堅書ナオミはサプライズ的なイベントの把握《はあく》には強い。けれど、もっと持続的な、連続した二人の日常に関しては未知数。堅書ナオミの眼はいつもどこか冷たい。ミスズが自分にしてくれたような親密さを、直実に向けてくれない。

そこをフォローしたい。

「特別な会話はいらないの。というか、普通に話すこと自体が、本当は特別なことなの」

三鈴はミスズに力説した。

普通に話すことができなかった自分だからこそ、気の置けない会話にどれほどの価値があるか身に染みてわかっている。普段そうできない人間にとって、それがどれだけ羨《うらや》ましくて楽しいことかも。

「つまんないことでも話し合わせたいよ。そうして、何げないところまで二人に理解し合ってほしい」

瑠璃はハシビロコウのように動きのない少女だ。放っておくと何もしない。文庫本と硬水《こうすい》入りのペットボトルを与えたら本当に一日そこから離れないのではと思うほどだ。

「堅書君から瑠璃へのアプローチだけじゃなく、瑠璃から堅書君への流れがほしいの。特別な労《ねぎら》いはいらないよ。身近な声とか仕草《しぐさ》だけでも、きっと堅書君の力になる。行き詰っている壁を超えるきっかけになるかも。それに、瑠璃が自分から堅書君に興味を持つのにも意味があるんだ。無関心ほど恋を台無しにしちゃうものはないから。瑠璃には、前のわたしみたいになってほしくない。気づかないまま恋心を素通りさせちゃうなんて、絶対にダメ！」

　これだけのことを一息に言い切った。

「いいんじゃないかしら」

　すべてを聞いたミスズは、ぱっと顔を輝かせて言った。

　何だか最初からもうＯＫを決めていたような顔だった。ひょっとすると彼女も、そうしてほしいと望んでいたのかもしれない。

　パートナーからの信託《しんたく》を受け、三鈴は二人を昼食に誘い出すことに成功した。

「それで三年生の内田《うちだ》先輩が言うのはこうなんだけど、二年生の木下《きのした》先輩の考えだと――」

　などと最初は本当に委員会の話をするが、徐々に脱線していって、勉強の話題や好きな食べ物の話など世間《せけん》話にすり替えていく。

　一番しやすそうな好きな本の話題は……これはきっと格別盛り上がれる鉄板だ。もっと二人が話しやすくなってから、腰を据《す》えて持ちかけたい。我ながら策士《さくし》だと小鼻が膨《ふく》らむ。

「そ、そうですね、わかります……」

　三鈴が話していると、直実には、どうにか今の話題を瑠璃と共有しようという努力の跡が見て取れた。こちらと瑠璃を交互に見やりながら、「一行さんはどう思う？」と問いたげなオーラを放っている。が、まだ声にはならない。

口の中に自然と生まれた言葉を一旦呑み込んでしまうのは、きっと彼自身が一番辟易《へきえき》しているであろう悪癖《あくへき》だ。けれど、それがわかっているのならあと一歩。食事の回を重ねるごとにだんだんとハードルが下がってくることは、経験から知っている。

（しかしっ……）

三鈴は胸中で歯嚙《はが》みする。

手強いのは、自分の欲求と言動を一致させている、瑠璃の方だった。

こちらの話を聞きながら、平然と、黙々と、時折まばたきしながら「どうして三鈴は図書委員会の話題から脱線した話ばかりしているのだろう」という顔で、ひったすらお弁当のきんぴらごぼうをもりもり食べ続けている。

（こっちじゃなくて、ちょっとは堅書君の方も見て！　ていうかきんぴら多ッ！）

斜《しゃ》に構えることを知らない少女は、あまりにも真《ま》っ直《す》ぐにこちらを見つめすぎて、三角形を描いて座る三人のもう一角にほとんど見向きもしなかった。少し横を向けば、彼が遠慮がちな眼差《まなざ》しを何度も注いでいることに簡単に気づけるというのに。

二人の姿勢の違いは、昼食の中身にも表れている。

直実が用意したねじりパンは、売店のおばちゃんの気迫と他の客の需要《じゅよう》からやむにやまれず選ばされたものであるのに対し、瑠璃は堂々と、不人気のねじりパンを買い取っていった。

しかも、直実はそれが唯一《ゆいいつ》の食糧《しょくりょう》であるのに対し、瑠璃はおかずを別途用意し、ねじりパンを受け入れる態勢は万全。野菜中心のおかずにしても、先に述べたようにきんぴらごぼうが大半《たいはん》を占める好物欲張りセットだ。こうまではっきり違いを見せつけられると、否《いや》が応《おう》にも焦《あせ》りが生まれる。

（まだまだ初日、だけど……）

少しくらいは成果がほしくなった三鈴は、ふと二人を——二人だけを結びつけられる話題を自分が握っていることに気づいた。

（わたしさん、言葉を借りるよっ！）

さりげなさを装い、切り出す。

「そういえば手紙って、もらった方より、書いている人の方が、強く気持ちが動くものなんだって。どうなんだろうね。わたしは手紙ってほとんど書いたことないからよくわからないけど、二人はどう？」

直実の指先がぴくりと動く。しかし先に口を開いたのは、意外にも瑠璃だった。

「それは」

彼女はちらりと直実を見て、

「わかる気がします」

「そ、そうですね。僕も、わかる、かな……」

恥《は》ずかしそうにうつむいた直実の口元が、こらえきれずに緩《ゆる》んでいる。

「そっかあ。二人は手紙書いた経験あるんだね。偉いなあ」

三鈴はあえて的《まと》を微妙にはずした言い方をする。こういう誘導の手口は、ミスズから学んだ。

「いえ、それは少し違います三鈴。わたしが、堅書さんに手紙を書いたんです。正しくは、お返事ですが」

ズバッ。弓道で言えば正鵠《せいこく》。思わぬ踏み込みに、三鈴だけでなく、当事者である直実も目を丸くして、ねじりパンが本日二度目のゲッタウェイを敢行。

「ど、どういうこと⁉」

嬉しさのあまり三鈴の声は素で上擦《うわず》った。

瑠璃は委員会連絡の手紙のやり取りをすらすらと説明した。

しかしここで一番重要なのは、お礼の手紙を書く際に、瑠璃が一画一画、感謝の気持ちを込めて書いたというくだりだ。

「ルリーゼ、ちゃんとお返事出すなんて偉いっ」

「それくらいは当然です」

瑠璃は平然と受けたが、どこか直実に笑いかけるような目線があった。そのすぐ後で、

「堅書君は優しいんだねえ。わざわざ手紙に書くなんて」

と三鈴がしみじみと言うと、彼は顔を赤くして、

「そんなこと……」

と、しきりに恐縮《きょうしゅく》していた。二人の間に、柔らかな空気ができた気がした。

（よかった……）

三鈴は喜びの中で安堵《あんど》の息を体の内側へと落とす。

ほしかったのは、こういう一時《いっとき》だ。

ただの一言、小さな気持ち一つあればいい。自分たちがどこに向かっているか自覚できる瞬間。歩み寄れた確証。ゴールまで目隠しで進むのはつらすぎる。

ゆっくりとでいい。

けれど、少しだけでも、お互いを繋ぐものに気づいてもらいたい。

（……！）

不意に、温度の低い眼差しがこちらを向いているのが、肌《はだ》に伝わった。

あの〈幻影〉の空《から》っぽの視線に、重みを加えたもの。

堅書ナオミだ。どこかにいる。

……見つけた。直実の死角、離れた位置に暗い陰影がある。

据えられてぴくりとも動かない焦点が、自分の体の一点を冷たく焦《こ》がしているのを感じながら、三鈴はそこに怒りや懐疑《かいぎ》よりももっと切実なものが含まれていることに気づいた。

一つわかった、かもしれない。

堅書ナオミは冷酷でもなければ、機械的でもない。

彼は思い詰めている。この数百回に一度訪れたチャンスのために、張り詰めているのだ。

きっと、疲れ切った直実よりもさらにぎりぎりのラインで。

彼も瑠璃への想いだけで背中を支えている。瑠璃からの声が聞けないまま、孤独に踏ん張っている。助けが必要なのは、むしろ彼の方なのだ。

（大丈夫）

視線を向けないまま、三鈴は胸の中だけで彼に訴えた。

心配しないで。あなたの邪魔はしない。

わたしも瑠璃を助けたい。わたしも堅書君と瑠璃を応援したい。

でもわたしには、あの秘密の特訓を手伝えない。

だから、ここだけは手伝わせて。

ここだけは荷物を半分こさせて。

わたしは、あなたの味方だよ。


瑠璃との食事の効果が早くも現れたのかどうかはわからないが。

「くおおおお、鉄うううう！」

翌日の夜、自室にて、直実は何度目かの失敗の後、手の中にピンポン玉大の鉄球を作り出すことに成功した。

隣の棟の屋上から見守っていた三鈴は、狐のハンドサインを作って、穴から鉄球をのぞく。まるでＡＲ機能のついたゴーグルをかけたように、虚空《こくう》にいくつもの情報がポップアップする。大半のグラフの意味はわからないが、純度百パーセントに近い完全な鉄の塊《かたまり》であることだけは読み取れた。

『よしっ！』

直実と三鈴のガッツポーズは同時だった。

「いい刺激になったみたいね」

ミスズが肩の上から言ってくる。

「うん。堅書君が瑠璃と仲良くなる、そうすれば堅書君はさらにやる気になる。これぞ青春！いい循環だよね」

三鈴は自分の予測が当たったことに満足して笑った。

直実と、堅書ナオミの役に立てた。瑠璃を救うために、また一つ階段を上れた。

できることなら、この喜びも瑠璃と共有したい。直実が、寝ても覚めても彼女を助けようと頑張っていることを知ってもらいたい。そうすれば、瑠璃だってもっと彼のことを——。

——ぴり。

「……？」

三鈴はふと胸をよぎった違和感に眉《まゆ》をひそめた。思わず手を当てる。

「どうしたの?」

ミスズが訊いてくる。

「ううん。何でもない」

何かが当たったような気がしたが、別段変化はない。小さな感覚も、それ以降は現れなかった。

「そろそろ帰ろうか」

「ええ、そうしましょ。若いとはいえ、夜更《よふ》かしは美貌《びぼう》の天敵よ」

三鈴は団地の屋上を蹴り、闇夜《やみよ》に姿を消した。

第四話

痛み

スマホの目覚まし機能なしでぱっちり開いた目は、自然と柱時計の針の位置を確認する。

午前六時。もう彼らの朝練が始まっている時間帯。

もそもそとベッドから這《は》い出ると、寝巻きも着替えないずぼらさで狐面《きつねめん》を顔にあてがった。

たちまち光の繭《まゆ》に包まれ、収まった頃にはドレスアップが完了している。

「これ、楽すぎて変な癖《くせ》つきそうだなあ……」

つぶやきのみで自堕落《じだらく》を薄く戒《いまし》め、クッションの上で丸くなって寝ている子狐を見やる。

毛玉が膨《ふく》らむような寝息を繰り返すミスズは、ここのところ寝坊が続いていた。言ったら部屋中を転がり回って荒れるだろうが、やっぱり年齢差があるからではないだろうか。今日はこのまま寝かせておいてあげてもいいかもしれない。

三鈴《みすず》は一人、雙ヶ岡《ならびがおか》の森へと向かうことにした。

お面越しに朝風を切る感触が寝起きの体に馴染《なじ》んでいく中、ふとした好奇心が首をもたげる。

ミスズがいない今日だけは、ちょっとだけ、二人に近づいてみようか。どんな会話をしているか聞き取れるくらいまで。

きっと直実《なおみ》は、昨日の自主練の成果を堅書《かたがき》ナオミに見せつけようとするだろう。その時の堅書ナオミの反応を、近くで見てみたくなった。

できなかったことができるようになったのだ。彼だって、褒《ほ》めてくれるはず。

直実と堅書ナオミは、いつもの場所で朝練をしていた。

「先生、ちょっと先生！」

張り切る直実の声に足を止められ、三鈴は静かに茂みに身を伏せた。

「──ん、何だ？」

「何だじゃないですよ。見てくださいこれ。──んんっ！」

直実が気合いを入れると、青い手袋がまばゆく光り、球状の物質を浮かび上がらせた。

「どうです凄《すご》いでしょう！　前はあんなに苦労してたのに、こんなに早く出せるようになったんですよ！」

「鉄か」

堅書ナオミが、指で作った輪《わ》っかを通して、その生成物を見ながら言った。

こちらの狐のハンドサインと似ている。ひょっとしたら、ミスズに教わったやり方はただのキャラクターづけなのかもしれない。洒落《しゃれ》っ気のある彼女ならやりそうなことだ。

「密度も、純度も十分だな」

「そうでしょう。ちょっとコソ練したらこの出来栄《できば》えですよ」

直実は得意げに言う。本当は連日の猛練習だったのに、彼にも見栄《みえ》を張りたい相手がいるんだ、と三鈴は小さく笑った。

過程の真偽《しんぎ》はどうあれ成長は成長だ。堅書ナオミも、これにはきっと頼もしさを感じてくれるに違いない。

が、期待して見守った彼のリアクションは奇妙なものだった。

無言のまま、ただ空を指さす。

「へ？」

見上げた直実に降り注いだのは、ボウリングの球ほどの大きさの物体だった。

「うひぃいいっ⁉」

咄嗟《とっさ》に頭を抱えて倒れ込んだ彼の周囲に、重そうな音を立て落ちていく。

「ただの立体映像と音響だ。俺に物理干渉《かんしょう》は不可能だと言ってあっただろ。これくらいビビらず咄嗟に対処してみせろ」

恐る恐る顔を上げた直実に対し、堅書ナオミは冷厳に言い放った。

「いきなりは無理ですよ！」

「ならできるようになれ。本番は一度きりしかない。失敗した後で、誰に向かって今の台詞《せりふ》を吐くつもりだ？　天にか？　彼女にか？」

「……！」

表情が強張《こわば》り、彼はうつむいた。

「おまえには何が起こっても対処できるようになってもらわないといけない。『グッドデザイン』にはその力がある。それを信じろ。あとはおまえの判断力と行動力にかかっている。自分は何にでも対応できるという認識を心に刻《きざ》み込め。そうすれば、不測の事態に頭を抱えて転がり込まずに、じっくり相手が見えるようになる」

予想外の厳しい言葉に、三鈴は顔をしかめていた。

直実は頑張った。成果を褒めてもらっても罰《ばち》は当たらないはずだ。

こんな時ミスズは褒めてくれた。いい方向に進んでいることを確認させてくれた。だから、怖がりの自分も次の一歩を踏み出せたのだ。これでは彼が報《むく》われなさすぎる。

（大丈夫かな）

不安にかられて目を向けたところで、うつむいていた直実がちょうど顔を上げる。

「……はい。特訓を続けましょう……！」

ぎらりという輝きさえ伴《ともな》った強い眼差《まなざ》しが、堅書ナオミを見返していた。

（あ……）

思わずどきりと胸が跳《は》ねた。

これまで一度も見せたことのない貌《かお》だった。気弱な印象が消し飛び、一途《いちず》で真摯《しんし》な眼《め》だけが光る。さすがの堅書ナオミもこれには驚いたのか、少し意外そうに体を揺すり、こめかみのあたりを指でかいた。

「何だか……今日は気合いが入っているな」

「え？　あ、あはは、そ、そうですかね？」

途端《とたん》、へにゃっと表情を和《やわ》らげる直実。それを見た堅書ナオミは、再度彼を見つめ、

「いや、やっぱり勘違《かんちが》いだった。いつものおまえだ」

「そんなあ……」

がっくりとうなだれる姿は、いつもの直実に違いなかった。しかし直前のあの表情も、確かに彼が見せたものなのだ。そう思うと、三鈴の胸は高鳴った。

――すごく、成長してる。

嬉《うれ》しかった。自分が、その手伝いをできたかもしれないことも含めて。

「昨日のあれか……？」

ふと、堅書ナオミが口元に手をやりながらつぶやく。数秒黙考し、不意に口を開いた。

「直実。彼女は何だ？」

「はい？」

唐突《とうとつ》な話題の切り替えに、直実がきょとんした顔を返す。

「勘解由小路《かでのこうじ》三鈴だ」

彼の口から初めて聞いた自分の名前に、意外なほどどきりとさせられた。まるで推理中の名探偵と目が合ってしまった犯人の気分、だろうか。

「勘解由小路さんが何か？」

「彼女の行動は本来の予定にはない」

堅書ナオミの声は硬《かた》い。きっと昼休みのことを言っているのだろう。

「何かよくないことが?」

不安そうな顔になった直実が問い直すと、堅書ナオミは頭を軽くかくような仕草《しぐさ》を見せ、

「……いや。予定より順調にカウントが進行してる」

「それって、僕と一行《いちぎょう》さんが仲良くなってるってことですか?」

「まあ、そうだ」

「よ、よしっ!」

直実がガッツポーズを取るのに合わせて、三鈴もほっと胸をなでおろしていた。ただ、堅書ナオミの方は素直には喜べないようだった。それに気づいた直実も再度表情を曇《くも》らせ、

「もしかして、急に仲良くなりすぎてもダメだったり、とか?」

「そんなことはない。それに、そこまで進展してるわけでもない。せいぜい、今後のイベントに少し遊びができた程度だ」

悪くない。今度は三鈴がガッツポーズを取る。これで、堅書ナオミの張り詰めた気持ちにも多少の余裕が生まれるかもしれない。

「だが油断はするなよ。ノートは忠実に実行しろ。この猶予《ゆうよ》はあくまで保険として使え」

「そうですね。そうじゃないと、僕なんか相手にしてもらえるわけないし……」

(ん……?)

二人のやり取りに違和感。

ノートというのは、いつも堅書ナオミが見ているあれだろう。今後に起こる出来事が書かれている恋のマニュアル……というより台本に近い。それを再現することが、二人がくっつくための最良の方法。けれども。

どこかに引っかかりを覚えた三鈴は、しかしそれを頭の中で形にする前に、「直実、おまえ彼女をどう思う?」という堅書ナオミの問いかけに注意を引き戻された。

どうにも、堅書ナオミに呼ばれると心にさざ波が立つ。

フードの耳よりも高く、聞き耳を立ててしまう。

「勘解由小路さんを? そりゃあ、可愛《かわい》くて、気が利《き》いて、きらきらしてて……」

「おい」

「も、もちろん、僕は一行さん一筋《ひとすじ》ですけどね⁉」

「わかればいい」

堅書ナオミは偉そうに鼻を鳴らして腕を組んだ。頑固《がんこ》な父親めいた仕草に、三鈴はちょっとおかしくなる。

他人から性格や容姿を褒められることに対して、三鈴は素直に喜ぶことにしている。本当に嬉しいからだ。振り回されない限りにおいて、人の評価を耳にすることは価値があると、ミスズから聞かされていた。

この時の直実の感想も、もちろん嬉しくて、胸が温かくなった。

彼もまた、瑠璃《るり》と同じく、自分の人生になくてはならない友人。それに、彼からうっとうしがられては、この先何もできない。

「彼女は本来、俺たちには絡《から》まない立ち位置だった。俺が来たことで時間の流れに若干《じゃっかん》の変化が起こるのは想定済みだ。だが、動きがおかしい」

「おかしい、ですか……」

「彼女は日ごろからルリと親しくしているようだ。昼休みの件も、その文脈で捉《とら》えれば違和感はさほどない。しかし、おまえとルリのイベントがある時は、不思議と影も形もない。まるで、俺たちの間をぬって、その隙間《すきま》を埋めるかのように行動している」

（う……正解……）

三鈴はお面の下の顔が強張るのを感じた。堅書ナオミの洞察力《どうさつりょく》が鋭いのか、それとも張り詰めすぎて常時全方位に疑念を差し挟《はさ》んでいるのかはわからないが、警戒《けいかい》されてしまっているのは確かだ。

「先生の予定を先読みしてるってことですか？　そんな、考えすぎですよ。彼女は、普通にとてもいい人なんです」

「おまえな、それは楽観的すぎ……」と呆《あき》れたように言いかけた堅書ナオミは、しかし、凝《こ》り固まった思考を払うようにかぶりを振ると、直前までの語調をわずかに緩《ゆる》ませて続けた。

「いや……確かに考えすぎなだけかもしれないな。これがハプニングなら、それをうまく利用するように切り替えた方がよさそうだ」

(おおっ)

三鈴は思わず茂みから身を乗り出しそうになった。

そう、それでいい。とてもいい流れになっている。

こちらから共同作戦は持ちかけられない。何となく役に立つ、くらいに思って利用してもらえるのが一番いい。それぐらいがちょうどいいんだ。

望外の穏当《おんとう》な解釈に三鈴は喜びと満足感を覚え、彼らの特訓をもう少し見届けてから、家に帰ることにした。

初春の冴《さ》えた空気に暖かみが増していくように、すべてが順調に流れていた。

昼休みはできる限り瑠璃と直実を誘い、二人の交流に努めた。わずかずつではあるが、二人から始まる話題も増えてきた。それに後押しされるように、直実の特訓もどんどん様《さま》になっている。

事故に直面する瞬間が最大の山場であることはわかっている。けれど三鈴は、ここまでの経過に確かな手ごたえを感じていた。

うまくいっている。懸命に動こうとする人たちに、運気が報いてくれているみたいに。これならきっと、すべての成果を束ね合わせて、万全の状態で瑠璃救出に臨《のぞ》める。

しかし、そんな五月の中頃。

そこにわずかな曇りが生じる。

原因は、三鈴自身。

その日は、Ａ組の図書委員が書架《しょか》整理の当番に割り当てられていた。言うまでもなく直実と瑠璃だ。

「のぞきに行こう、わたしさん」

「のぞきに行きましょ、わたしちゃん」

勘解由小路三鈴二名は示し合わせたように言い合うと、わざとらしい抜き足差し足で図書室へと滑り込んだ。

三鈴にはちょっとした自信があった。

二人は以前よりもずっと普通に会話できるようになっている。

まだ直実には社交辞令的なところはあるが、彼さえ思い切った話題振りができれば、瑠璃はあっさりと話を返してくれるだろう。

「瑠璃からはないでしょうね」

「うん。瑠璃からはないね」

瑠璃からはないのだ。

直実が頑張るしかなかった。

しかし、予想に反して二人は黙々と作業をこなしていた。

（むむむ……）

三鈴は目算違いに歯噛《はが》みした。

実はこういう図書整理というのは……図書委員たちはみんな大好きなのだ。

切手好きが切手を一枚一枚眺《なが》めるように、あるいは、鉄道ファンが撮った写真を一枚一枚整理するように、本好きは本の並びをきっちりさせていくことについ夢中になってしまう。

やたら穴掘りが好きな犬がいるのと同じだ。

特に瑠璃も直実も、そういう淡々《たんたん》とやる作業にかえって熱中してしまいそうな二人である。

「わたしなら、手に取った本から話題を振りたくなるところなのにぃ」

「二人ともがっつり集中しちゃってるわ」

しかし、一冊の本を手にした時、瑠璃のてきぱきとした動きがふと止まった。

（……？）

瑠璃は書架の上の方を見つめた後、珍《めずら》しく憂鬱《ゆううつ》げなため息を落とし、脚立《きゃたつ》を運んでくる。

棚の前にセットはしたものの、そこからまた一旦《いったん》停止。躊躇《ちゅうちょ》しているようだった。

（レアな光景だ……！）

どうやら瑠璃は高いところが苦手らしい。それでも果断決行の少女。意を決したように唇《くちびる》を引き結ぶと、ステップに足を乗せた。

小柄なのが災《わざわ》いして、最上段に立っても思い切り腕を伸ばさなければ、上の棚には手が届かなかった。腕をぷるぷるさせながら非常に危なっかしく本を収め終え、瑠璃と一緒に、見ている三鈴までもが安堵《あんど》の息をもらしたその時。

普段真《ま》っ直《す》ぐな体の芯《しん》が、突然糸に置き換わったようにくにゃりと歪《ゆが》み、瑠璃は脚立から落ちていた。

「──！」

悲鳴を上げそうになった三鈴の口をふさいだのは、落下する彼女の下に猛然と走り込んできた人影の存在。

(堅書君！)

力強く抱き留められれば百点満点だったが、そこはこれといってスポーツも嗜《たしな》んでいない少年相応の体力。小さい瑠璃の体と一緒に床に倒れ込み「ぐえ」と悲しげな声を上げる。

「……！」

折り重なるように倒れた二人を見て、三鈴は出していた頭を引っ込めると、本棚の陰《かげ》に背中を押しつけ、両手で口元を押さえた。

「あらあら」

こうなることをすでに知っていたかのようなミスズの余裕とは真逆に、こっちは心臓が恐ろしいほどの速さで鳴っている。

（やった……！）

心に沸き上がったのは歓声だった。

直実は瑠璃の窮地《きゅうち》を救った。身を挺《てい》して、落下した彼女を助けた。

心臓の鼓動《こどう》が伝って、火照《ほて》ったように脈動する顔をそっと物陰から出すと、顔を赤くした瑠璃が直実の上から体をずらすところだった。

「だ、大丈夫ですか」

「は、はい……堅書さんこそ……」

さすがの彼女も動揺に声が上擦《うわず》っている。

振り向いて、自分が落下した脚立を見る。すると、またふらりと瑠璃の体が揺れて、直実にもたれかかった。

「い、一行さん⁉」

体の上を滑っていく瑠璃を今度こそしっかり抱き留めると、直実は肩を貸すような体勢で、大きなソファのある図書準備室へ彼女を引きずっていった。

残された三鈴は、まだその場から動けないでいた。

決定的瞬間だった。今の瑠璃にとって直実は、見向きもしなかったクラスメイトの男の子ではない。委員会で共に活動し、昼食も共にする、教室の風景から一人抜け出した少年だ。

そんな人物に、ピンチを助けてもらった。彼の優しさに直《じか》に触れた。弱みを見せることが稀《まれ》な少女なら、その弱いところを優しく受け取めてもらうことも稀だろう。

心が揺らがないはずがない。決定的に、動かされる。間違いなく。

二人の距離がぐっと近づく。

こんなに嬉しいことはない。きっと瑠璃は、彼のことが気になりだす。自分の恋心を素通りさせたりしない。ちゃんと気づいて、それを育ててくれるはず。

そう思った瞬間だった。

「……!?」

胸の内側が、ぐるりとひっくり返るような不快感が三鈴を襲《おそ》った。

不快は胸の奥で二度うごめき、そのたびに息苦しい痛みを生じさせる。

「う、う、なんで……?」

三鈴は気持ちの悪い息を吐き出した。

鳴りやまない心臓は、いつの間にか熱ではなく冷気を体中に走らせている。

二人が仲良くなった。嬉しいことなのに、どうしてこんな気持ちになるのか。

どうして。どうして。

考えれば考えるほど、薄黒い感情が膨らんでいく。棘《とげ》のある暗闇《くらやみ》が、ある一人を攻撃するように向かっていく。

瑠璃。

どうして。

一つの可能性が仄暗《ほのぐら》く頭に浮かび上がった時、三鈴は自分の手足が痺《しび》れて震えるのを感じた。

(わたし、嫉妬《しっと》……してる?)

違う。そんなはずない。打消しの声は体中に強く響き渡った。

二人は恋人になる。ミスズも、堅書ナオミもそう言っている。そしてそれがとても幸せなことだと、ミスズは何度も語っている。耳にするたび、楽しかった。嬉しかった。その瞬間に立ち会えたなら、心から祝福したいと思った。そのために今日まで応援してきた。毎朝、毎晩、彼を見守った。

だから違う。絶対違う!

「わたしちゃん、どうしたの……?」

ミスズの気づかわしげな声が、三鈴の体をぎくりと萎縮《いしゅく》させた。

これは嫉妬なんかじゃない。瑠璃を妬《ねた》んでなんかいない。

「大丈夫……」

冷たく硬い唾《つば》を飲み下し、三鈴はどうにかそう答えた。

「ちょっと……ドキドキしすぎちゃったみたい」

笑えていたはずだ。

多分。

書庫整理の一件をきっかけに、直実と瑠璃の距離は明らかに縮《ちぢ》まっていた。委員会活動ではもちろん、お昼休みも、あるいは教室の日常でさえ、二人は話をするようになっていた。

三鈴はそれを時に近くで、時にこっそりと陰から盗み見ながら、あの時と同じようには蠢《うごめ》かない胸に、頼りない安堵を覚えていた。

大丈夫。大丈夫。何ともない。二人を見ていると、ちゃんと嬉しい気持ちになる。

あれはひょっとすると、本当に刺激が強すぎただけなのかもしれない。男女が抱き合うところを生《なま》で見るのなんて滅多《めった》になかったから。自分ではよく友達に飛びついておきながら、ずいぶん身勝手な話だ。

(もしかして、もうわたしがいなくても、二人だけで仲良くやっていけるってわかっちゃって、それで寂《さび》しかったのかな?)

娘を手放す父親の心境か、息子を手放す母親の心地か、あるいはその両方なら、確かに高校一年生の胸の内には収まりきらない。

(はっ！　もしくは、ルリリーヌを堅書君に取られるのが許せない、とかかも……！)

………。

それは自分にも瑠璃にも、とても困ることになりそうだったので、詳《くわ》しく追及しないことにした。

不可解な心情から目をそらせば、日常は何事もなく穏便《おんびん》に過ぎていく。

三鈴は時間を見つけては二人の関係を見守った。

直実の朝の特訓だけでなく、夜の自主練も遠くから眺めるようになった。

時折狐面たちがそこに加わることもあったが、彼らはしばらく三鈴のすぐ隣で直実の部屋を見つめた後、特に何をするでもなく去っていった。

やがて、六月になる。

学校では古本市のイベントが迫っていた。

図書委員会が主導的に行うチャリティー活動で、図書委員会活動としては一年を通じて最大の行事となる。ただ知名度としてはさほどでもなく、委員会内においてすら知っている人間は三分の一ほど。三鈴は、瑠璃と直実から聞かされて知っていたクチだった。

「何か盛り上げるアイデアとか、ありませんか」

委員長が事務的に問いかけても、委員たちから芳《かんば》しい反応はない。行事の内容は古本を集めて売るという、いたってシンプルで地味なものだ。つまり歴代委員たちも、この課題に対して後輩たちに受け継がれるような有効な提案が出せなかったことを意味している。

しかし。

「はいっ！」

最初から諦《あきら》めモードしかない議場の空気を切り裂いて、三鈴は元気よく挙手した。

「売り子するなら、コスプレがしたいです！」

「コスプレ？」

「勘解由小路さんの⁉」

一年男子が一斉《いっせい》にざわつき始める。

「コスプレか。うーん……」

上級生の女子たちも興味を示す中、お堅い委員長は難色を示した。彼としては常道からこの企画を盛り上げたかったようだ。

三鈴はひるまず打って出た。

「こういうお祭りって、参加してくれた人はもちろんですけど、自分たちも楽しめる方がいいと思うんです。わたしたちが楽しそうにしていたら、興味のない人も足を止めてこっちを見にきてくれるかもしれないですし」

「それは、そうだな」

委員長の相槌《あいづち》。他の委員たちもうなずいている。

「服装を変えると気分も全然変わるんです。自分たちが楽しむための工夫って、わたしはしてもいいと思います」

三鈴が力説する横では早くも、

「本の内容に合わせたコスプレにしたら、そこからお客さんと話が盛り上がるかも」

「童話とか、小さい子も喜んでくれそうだよね」

などと、すでに話が膨らみだしている。その反応から、もはやこのアイデアを多数決にかける必要がないことは、誰の目にも明らかだった。

「わかった。先生に訊《き》いてみよう」

委員会が解散すると、三鈴は真っ先に瑠璃に飛びかかった。

「るーりるーもコスプレやろうねー」

「やりません。あと狼男《ルーガルー》みたいに言うのやめてください」

「じゃあ、るりーぴー・ほろう?」

「何らやる気が感じられません」

「とにかくやろう! 実を言えば、ルリアンナと並んでコスプレ売り子をするためにこの企画を提出したのだよ……くくく……」

「そんな理由で委員会活動を私物化するとは……いい度胸《どきょう》です」

瑠璃はあくまで抵抗を示したが、これが行事の既定路線となってしまえば、今度は逆に生来の生真面目《きまじめ》さから彼女がコスプレせざるを得なくなることを三鈴は熟知していた。

変身した彼女はどんなふうだろう。

変わるのか。あるいは変わらないのか、実に楽しみだ。瑠璃の芯の強さなら、コスのキャラクターを逆に乗っ取りかねない。

しかし、委員会での盛り上がりとは裏腹《うらはら》に、古本市は準備段階から低調だった。委員が学校内外に呼びかけても古本はさほど集まらず、SNSでの宣伝も反応はまばら。瑠璃と直実に至《いた》っては、公民館で古新聞を手渡されたという寂しいオチがつくほどだった。

「これじゃあ気分的にも盛り上がらないよね……」

「そうねえ」

三鈴はミスズにぼやいたが、彼女からの返事は慰《なぐさ》めでも励《はげ》ましでもなく、素《そ》っ気《け》ない相槌だった。ここで、あっと驚く未来が待っている素振りでも見せてくれれば、まだ頑張りようがあるのだが。

（いや、そういうのはよくないいな）

結果を知っているから頑張れるというのは、ずるいと思った。

世の中、どうなるかわからないのに頑張っている人ばかりだ。三鈴の中では、直実と堅書ナオミがその筆頭だった。頑張るしか、こちらから結果に対してできるアプローチなんてない。万事《ばんじ》運次第《しだい》とうそぶく人もいるだろうが、真剣に取り組んでいなければ、幸運が真横を通り過ぎても気づきもしない。

三鈴はクラスメイトに何度も呼びかけ、どうにか十数冊の古本を確保した。自宅の近所に住んでいる老夫婦からも、もう目が悪くて読めないから、と何冊かの本を譲《ゆず》ってもらえた。

他のクラスもこれくらい集まると希望的に仮定すれば、結構な量になるはずだ。直実と瑠璃も、うまくいっているといいが……。

古本市開催まであと三日という放課後、三鈴と他の図書委員たちが仕事を終えて下校しようとすると、夕日を背に必死の形相《ぎょうそう》でリアカーを引いてくる、修行僧のような直実が道路の先に見えた。

「堅書君⁉」

三鈴たちは直実に駆け寄った。リアカーの後ろには、細い両腕を突っ張って押すのを手伝っている瑠璃の姿もあった。

「二人とも、どうしたのこれ？」

「一行さんの……。おじいさんの……」

完走済みのメロスのように疲れ切った直実が息を整えながらどうにか話すには、瑠璃の祖父が遺《のこ》した蔵書が、小さな図書館レベルであるという。死蔵されるよりは読んでくれる誰かのために、と瑠璃が寄付を決心してくれたそうだ。

「まだ……蔵《くら》にはたくさんの本があって……」

直実に負けず汗《あせ》だくになっている瑠璃を見て、三鈴はぽん、と手を打った。

翌日、委員会総出で、下賀茂《しもがも》にある一行家を訪ねた。

「うお、すっげー」

男子の一人が声を上げ、みなが恐れおののくように先頭を行く瑠璃を見た。

木塀《きべい》にぐるりと囲まれた、門構えも立派《りっぱ》な一行家の敷地面積は相当なものだった。樹齢を重ねた庭木に混じって塀から突き出た母屋《おもや》は現代風だが、そちらの方がかえって未来から飛んで来たような違和感を覚えてしまう。

「まさか……ルリアンヌは良家の御姫様であらせられましたか……？」

三鈴が驚きながらたずねると、彼女は困ったような顔で振り向き、

「古いだけの、普通の家です」

案内してもらった離れは、妖怪もしくは吉良上野介《きらこうずけのすけ》が隠れていてもおかしくないほど古めかしい建物だった。

内部は本棚で埋め尽くされており、本好きの委員たちはたちまち興奮《こうふん》し始める。三鈴も、個人でここまで本を集めているのを見るのは初めてだった。

「さあ、早速《さっそく》作業を始めよう」

委員長の号令で、委員たちが本の運び出しを始める。持ち寄った袋や段ボール箱にてきぱきと詰め込むと、自転車やバスなどめいめいの手段で学校へと運んでいった。

「昨日は二人でお疲れさまだったね」

学校へと向かうバスの中、前日の苦行とはうってかわってリュック一つに本を詰めただけの直実と瑠璃に、三鈴は後ろの席から笑顔で労《ねぎら》いの言葉をかけた。

「こうやってみんなで何かするのって、楽しいね」

「そ、そうですね。連帯感が生まれるっていうか……」

直実が答え、ちらりと瑠璃を見る。彼女は少し返答を考える素振りを見せた。

きっと彼女はこれまで、何事もおろそかにしない生真面目さから学校行事に参加してきた。そこに楽しむという観点は欠落していたのかもしれない。でも、今回は違う。何しろ明後日《あさって》のメインを飾るのは、彼女の祖父が遺した思い出の本だ。

「そうですね。楽しいと……思います」

彼女は古本が詰まったリュックに手をやると、ほんの少し照《て》れ臭そうに答えた。

きっと古本市の本番はもっと楽しめる。三鈴はそれをはっきりと予感した。


しかし翌日、三鈴を待っていたのは信じられない光景だった。

テレビやネットでしか見たことのない黄色い規制線が横切る先には、放水でぐちゃぐちゃになった古本の残骸《ざんがい》があった。

「うわ、ひでーなこれ」

「ボヤだって……」

「照明から火が出たらしいよ。ほらあそこの……」

野次馬《やじうま》たちに交じって立ち尽くす瑠璃の小さい背中に、三鈴は近づくことすらできなかった。

かけられる言葉も、見せられる顔も、ない。

逃げるようにその場を離れ、人気《ひとけ》のない階段踊り場で壁にもたれかかった。

「わたしさん、知ってたの……？」

「うん……」

キーホルダーの返事は弱々しかった。

「止めちゃ、いけなかったの？」

「これが瑠璃と堅書君にとって重要な出来事になるの。だから堅書ナオミも手を出さなかった」

「でもさ……っ」

唇が震えた。空を見上げる目が曇ってきた。

「亡くなったおじいさんの本なんだよ？　思い出の本なんだよ……？　こんなことにならなくてもいいじゃん。二人にとって大事なことなら、他にいくらでもあるよ。機会ならわたしが作るよ。せっかく、瑠璃がくれたのに。おじいさんの本がどんな人に渡るんだろうって、きっと楽しみにしてたのに。こんなの、ひどすぎるよ……」

「ごめん……」

背後に荒い足音が迫り、三鈴は慌《あわ》てて涙を拭《ぬぐ》って振り向いた。

直実だった。

彼は唇を噛《か》み締め、青ざめた顔で誰かを追いかけるように階段を駆け上っていった。きっと、こちらと同じ。未来の自分を相手に。

屋上の扉が閉まる音が聞こえ、それきり静かになる。

「彼にもつらいできごとになったわ。でも、古本市の中止は必要なことなの。悲しい思いをさせてごめんなさい」

ミスズが言う。謝る必要のない彼女に、どうしても「気にしないで」の一言が言えなかった。重たい扉の向こうで、冷淡な顔の堅書ナオミと直実が言い争う声が聞こえるような気がした。

ボヤ騒ぎは、一部の退屈な学生たちにとっては突発的なイベントになったようだ。

その日一日、失意の三鈴の耳元を、燃えてしまったものの大きさを知らない人たちの興味本位で無責任な言葉が、いくつもかすめていった。

「あそこにあったの古本だったんだって」

「ああ、チャリティーの？　ま、どうせ古本だし、いいよな」

「処分する手間が省《はぶ》けたんじゃね？」

どうか瑠璃には彼らの声が届かないでほしいと、切《せつ》に願った。

緊急招集された図書委員会では、恐らく古本市が中止になることが通達された。売り物がすべて燃え尽きてしまったのだからどうしようもない。

以前と変わらず背筋《せすじ》を伸ばしてその話を聞く瑠璃の顔を、三鈴は一切見られなかった。

しかし、あることに気づく。

誰もが落胆《らくたん》の表情に沈む中、一人だけ違う目つきをした生徒がいる。

怒りもある。けれど、それ以上に――。

その日の深夜、三鈴は狐面をつけて家から抜け出した。

「わたしちゃん、どこに行くつもり？」

「学校へ」

ミスズは何かを言いかけたようだったが、こちらの気が済むようにさせてくれた。

固まった夜気《やき》を押しわけながら、街を縦横《じゅうおう》に綺麗《きれい》に割った京都市内の道を学校目指して斜《なな》めに進む。

しかし。

夜の敷地内に人の気配はない。近くを通りかかる人影もなかった。

校舎近くの建物の屋根に降り立ち、周囲の様子を探った。

「あ……」

危なっかしい動きで壁をよじ登る黒い影を見る。

「まさか、あれって」

「堅書君だよ」

ミスズの驚きに三鈴は声を覆《おお》いかぶせた。ここからでは顔は確認できなかったが、確信があった。

あの図書室で見せた顔は、決意の表情だった。

このままでは終わらせない。彼女を傷ついたままではいさせない。そういう意志が微風となって三鈴に伝わっていた。

直実を追って校舎内へと忍び込む。

彼は古本市の会場となるはずだった図書館の二階へと入っていく。

三鈴は窓の外からその様子をうかがった。

ほどなくして、室内からあの青い手袋――『グッドデザイン』という名前だったか――が放つ光が明滅を始めた。

「何をしてるのかな？」

「どうやら……本を作っているみたいよ」

子狐が鼻先をくんくんと動かしながら答える。

「そんなことまでできるの？」

「理論上は可能だけど、現実にはまず無理ね。書かれている内容を一言一句《いちごんいっく》正確にイメージしなければ形にならない。完全記憶でも持ってない限り、徒労《とろう》だわ」

「でも、堅書君は諦める気はないみたい」

「そういうところよね」

短く言ったミスズが、突然頭巾《ずきん》の裾《すそ》に嚙みついて三鈴を壁際の茂みに強引に引き寄せたのは、その直後のことだった。

「な、なに？」

「シッ。堅書ナオミが彼を見てる、ほら、あそこ……」

屋上に堅書ナオミの姿があった。無表情に教室を見下ろす目には、とうに過ぎ去った冬夜《とうや》の寒さだけがあった。

〈亡霊《ぼうれい》〉の眼差しに、三鈴は何だか腹が立ってきた。

どうして堅書君を手伝ってくれないの？　瑠璃の大事な本が燃えてしまっても平気なの？　彼女の寂しそうな背中を見て何も感じないの？

「何かを期待してるのなら、無駄よ。堅書ナオミは彼には手を貸さない。一時の感情より、もっと大きな目的のためにだけ動くわ」

ミスズの声が胸の中を冷たくかすめる。しかしそれをはね返す熱波《ねっぱ》を伴って、三鈴はつぶやいた。

「それって、本当に堅書直実なの」

「え？」

「瑠璃と仲良くなるためなら、瑠璃が悲しむのも許容できるの？　大きな目的があるから、それ以外は気にせず素通りできるの？　それを必死にどうにかしようとしてる人を、あんな顔で見下ろせるの？　それ本当に堅書直実なの？」

「わたしちゃん……」

「堅書君はそういう人じゃないよ。たとえ何があったって、そこは変われるところじゃないよ……！　ねえそうでしょ、わたしさん。わたしにとって大切な人たちって、そういう人でしょ？」

「………。でも、現に──」

言いかけたミスズの言葉は、屋上にある人影の小さな身じろぎで永遠に塞《ふさ》がれた。

教室内にいる直実の手袋から光が一部、分離し、そこに立体映像を作り出していた。直実が驚いた表情で、誰かを探すように周囲を見回す。

立体映像は本の山を投影していた。直実が手をかざすと、そのうち一冊が浮き上がってページを開く。

直実はそれと手の中の光を交互に見比べながら、本を構築していった。

「ウソ……。堅書ナオミが、手伝ったの……？」

「ウソじゃないよわたしさん。やっぱりそうだよ。堅書ナオミだって、堅書君なんだよ。こんなの見て見ぬふりできるわけないんだよ」

三鈴は弾《はず》む声を抑えながらも喜びを爆発させた。

冷たい目の堅書ナオミ。

亡霊のような堅書ナオミ。

思い詰めた顔の堅書ナオミ。

どれも、高校生の堅書直実とは違う。

でも、同じだ。

あんなふうに変わり果てても、彼は同じ堅書直実。瑠璃が好きで、彼女のためにものすごく頑張ってしまう、堅書直実なのだ。

作業は夜通し行われた。

ミスズの話では、ただ単に作り出すのではなく、確かに瑠璃の本であるようにシミやほつれまで再現されているらしい。そのため本の再生は、ごくゆっくりとした速度だった。

とても繊細《せんさい》な作業だ。直実はひどく疲弊《ひへい》した様子だった。今すぐ教室に飛び込んで助けてあげたい。けれどできない。驚かせて時間を浪費《ろうひ》させるのが関の山だ。

一冊、二冊、三冊……。本は遅いペースで積み上がっていった。しかし、滞《とどこお》ることは一度もなかった。三鈴は夜明けが来ないことを祈りながら見守り続けた。

神様。彼に、時間をください。

彼がやり遂《と》げられるだけの時間を。

朝が来た――。

一度家に戻って制服に着替えた三鈴は、大急ぎで学校に向かっていた。

瑠璃が登校する時間が迫ってる。彼女に、知らせなければ。

終始興奮しっぱなしの徹夜など何のその。むしろ直実の懸命な姿に力をもらった足取りで、三鈴は古本市用の図書館の二階へと向かう。

途中、他の図書委員たちと会った。彼らも同じところに向かっていた。

扉を開けると、瑠璃がいた。

彼女は眠る直実を正面から抱き留めるような体勢で、床に座り込んでいた。

「きゃあー！」

これ以上ないほど嬉しい光景に、三鈴は声を上げていた。

「ルーリー！　堅書君！　もしかして！　きゃあー！」

直実をかかえているせいで瑠璃が身動きできないのをいいことに三鈴ははしゃぎまくった。

彼女が直実の戦いに気づいたかどうかはわからない。

けれど、今のこの光景は、彼に一番ふさわしい対価だ。

瑠璃は、多少強引にでも直実をソファーに寝かせることもできたはず。それを、わざわざ抱き留めるような姿勢で眠らせてあげているのは、彼女自身、そうしたい気持ちが働いたからに違いない。

大事なのはそこ。彼の気持ちに、瑠璃が応《こた》えてくれているということだった。

「あれ、この本って、確か一行さんが寄付してくれた……」

委員の一人が、近くの段ボール箱に古本が入っているのを見つける。

直実が死力を尽くして作り直してくれた本。五十冊はある。一冊作るだけでも大変な作業だったのに、それを五十冊だ。折れない意志。諦めない心。十年後の彼にも通じる直実の輝きがそこに詰まっている。

「実は俺たちも……」

他の委員たちが、持ち寄った古本を瑠璃に見せた。

三鈴も鞄《かばん》から読み終えた本を差し出す。最高だった恋愛小説。

瑠璃はたくさんの本を提供してくれた。たとえ燃えてしまったとしても、そこまで力を尽くしてくれたイベントをむざむざ中止にさせるわけにはいかない。

「やるよ。古本市」

三鈴が言うと、瑠璃は微笑《ほほえ》んでうなずいた。それから、夢ではなく現実だと確かめるように、直実が復元した本を見やる。

三鈴もつられてそちらを見て、胸の内から言葉が溢《あふ》れてくるのを感じた。

彼女に伝えたい。

そうだよ瑠璃。やったよ。堅書君はやったんだよ。

昨日一晩かけて、一睡もしないで、休憩《きゅうけい》もしないで、ずっと頑張ったんだよ。

全部全部、瑠璃のために。

全部全部全部、瑠璃一人のために。

古本市は予定通り開催された。

売り物の数はだいぶ少なくなってしまったものの、コスプレをした三鈴が廊下で宣伝した結果、予想以上の数の客を呼び込むことができた。

三鈴がしたのは赤ずきんのコスプレだった。「なぜか異様に堂に入《い》っている」と委員たちから言われたのにはごまかし笑いがこぼれたが、ミスズはこれを込みであの衣装を作ったのかもしれない。それだけ、思い出深いコスプレだったのだろう。

直実は徹夜作業の疲れで眠ったままだったが、瑠璃は集中してイベントに参加できていた。いつもの背中の芯に、もう一本、見えない筋が加わったようにも見えた。

しかし、やはり、まだお堅い。

図書委員の大半《たいはん》が何らかのコスプレをしているのに対し、彼女はかっちりとした制服のまま。三鈴は会計係をしている瑠璃に絡みつき、更衣室に使っていた教室へと引き込んだ。

再び扉が開いた時には、黒い髪をした不思議の国のアリスがそこにいた。

少し、いや、だいぶ気恥《きは》ずかしそうな瑠璃を真隣で支え、三鈴はこの時間を誰より楽しんだ。きらびやかな少女二人の宣伝効果は抜群《ばつぐん》で、大勢の男性客に混じって、女性客も多く訪れた。一緒に写真を取ってほしいという小さな子の要望にも二人で応えた。

古本は完売。最終的な売り上げは三万四千八百五十円に達した。図書委員会史上最高額とのことだった。

楽しかった。

純粋に楽しいと思える、最後の時間になった。

古本市を閉じ、後片付けもあらかた終わった夕暮れ時――。

暮れなずむ図書準備室に、直実と瑠璃の姿はあった。

直実は、瑠璃に告白した。

瑠璃は、それを受けた。

二人は恋人になった。なるべくしてなった。

そう決まっていたからではなく、二人が培《つちか》い、育《はぐく》んだものの上で正しく結ばれた。

黄昏《たそがれ》色に輝く教室とは裏腹に、夜よりも暗く、雨の日よりも寒い廊下で、三鈴はそれを見ていた。

自然と唇がほころび、彼女は踵《きびす》を返した。

歩いて、歩いて。二人から少しでも遠く離れて。

廊下の角を曲がったところで三鈴は壁に肩を押しつけ、ずるずるとしゃがみ込んだ。

胸の中で見えない棘のある蛇《へび》がのたうっている。

「う、うううううっ……」

よかった。よくない。

嬉しい。嬉しくない。

痛い。痛い。痛い。

（いやだ。こんなの、いやだ……。二人に幸せになってほしいよ。応援したいよ。祝福したいよ。恨《うら》みたくないよ。嫉妬なんて、したく、ないよ……！）

ぐるぐると蛇が裏返り、胸を息苦しくしていく。

「わたしちゃん？　わたしちゃんどうしたの？」

ミスズの声が遠く聞こえる。

それさえも小さな針になって三鈴の胸を刺す。

涙がこぼれた。とても冷たい涙だった。

もう、言い訳できない。

わたし、堅書君のこと、好きになってる。

第五話

リセット

三鈴《みすず》は気落ちしていた。

これまで体中にみなぎっていた何かが、すべて溶け落ちてしまった気分だった。

変われたと、思っていた。

あの二カ月間でありのままの自分を感じ、芽生《めば》えた感情をちゃんと受け止められるようになったと思い込んでいた。自分が好きになれる自分になれたと……信じ込んでいた。

（全然、できない）

今の気持ちを受け止めきれない。今の想いを認められない。表になんか出せるわけもない。

恋してはいけない男の子に恋をし。

好きになったはずの女の子に強く嫉妬《しっと》した。

二カ月間想いを馳《は》せ、それからまた三カ月二人を支えて過ごした。二人に結ばれてほしいと願い続けていた、はずなのに。

その結果が、これ。

これが、こんな気持ちが、ありのままの自分。

知りたくなかった。

自分がこんな薄暗い感情を蠢《うごめ》かす人間だなんて、知りたくなかった。

二人は付き合い始めた。不器用で奥手だが、決して傷つけあうことなく、手探りでお互いをよりよく知ろうとしている。

そんないじらしい姿が、今、何よりも心をささくれ立たせる。素直に喜べないでいる。

（痛い。痛い。痛いよう……）

こんな自分、好きになれるわけない。

もう一度殻《から》がほしかった。この気持ちごと自分を永遠に閉じ込めてしまえる殻が。

心配するミスズには「大丈夫」の一点張りで通した。二人が無事くっついたので気が抜けたのだろう、と解釈してもらいたかった。

彼女に相談できたのなら、答えをもらえるのかもしれない。でも、知られたくなかった。瑠《る》璃《り》を心から大切だと思っているミスズにだけは、決して。

いつまで引きずれば、この胸の蠢きは消えてくれるのだろう。これから二人に会うたびに、空《から》っぽの笑顔の下で痛みに耐え続けなければいけないのだろうか。

二人と一緒にいたくない。でも、二人と一緒にいたい。でも一緒にいたくない……。

暗い未来しか見えない七月三日、夕刻――。

「……わたしちゃん。今日が、瑠璃が事故に遭《あ》う日よ」

久しぶりに真正面から聞いた気がするミスズの声に、三鈴はベッドから跳《は》ね起きていた。

「今日、が？　場所は？」

困惑《こんわく》の中からどうにか意味ある単語を絞《しぼ》り出すと、子狐《こぎつね》は動物ながら気遣《きづか》わしげな表情で、

「宇治川《うじかわ》花火大会の会場。中州《なかす》に通じる橋の上よ。行ける？」

「うん、行こう」

憔悴《しょうすい》を決意で覆《おお》い、三鈴はうなずいた。

今の精神状態がどうあれ、それだけはきちんと見届けなければいけなかった。

狐面から噴《ふ》き出す変身の粒子《りゅうし》を浴びるのが、ひどく久しぶりに思えた。これまで毎日見守っていた直実《なおみ》の特訓も、最近は近づきすらしていない。二人の、どちらの顔も見たくなかった。

せっかくの花火大会だというのに、天気は曇《くも》りだった。

空の一角の鈍《にぶ》い光が、かろうじて日が落ちかけていることを知らせていた。

人の心配を顧《かえり》みない点も含めて、今の三鈴の気持ちにぴったりの暗鬱《あんうつ》さだ。

自宅の屋根の上から久しぶりの景色を一望した三鈴は、遠くの民家の屋根を駆けていく狐面たちの姿を見た。

「わたしさん、みんなはどうしたの？」

もう〈幻影〉を消す作業は必要ないはずだ。

「あれは気にしなくていいわ。行きましょう」

ミスズのやや硬《かた》い声が続く質問を許さず、三鈴は花火会場へと足を踏み出した。そう。今はそんなこと気にしてる場合じゃない。瑠璃の命がかかっている。

最寄《もよ》り駅となる宇治駅は大混雑だった。

大半《たいはん》が若者で、さらにその半数近くが恋人同士。自然と、並んで歩く浴衣《ゆかた》姿の二人が頭をよぎり、心の傷にかぶせた薄皮を剝《は》ぎ取っていった。

（しっかりして。今は、今だけは目の前のことに集中して）

ままならない胸の内に強く命令し、三鈴は川縁《かわべり》に出た。

最前列の場所取り合戦はすでに決着していて、次善のポジションを求めて、人々が道路側をもう一つの川のように流れている。宇治川には屋形船が出ていて、花火の前にまずその忙《せわ》しい人々の動きを高みの見物、という風情《ふぜい》だった。

橋というワードを元に、お面の下の目を巡《めぐ》らせる。

宇治公園には塔の島、橘島《たちばなじま》、という中州の島があり、それぞれが橋で結ばれている。どこか。

「朝霧《あさぎり》橋よ」

ミスズが言う。岸と橘島を繋《つな》ぐ朱色の橋だ。

宵闇《よいやみ》の中でライトアップされたそこは、異世界の入り口というより、それ自体が異界であるかのように妖《あや》しい色彩を放っていた。

堅書《かたがき》ナオミも近くに来ているはず。そう思い、三鈴は橋のたもとにある宇治川神社周辺の茂みに一旦《いったん》身を隠した。

不意に、暗い空から不機嫌な唸《うな》りが聞こえた。雷《かみなり》だ。空を見上げる人多数。いずれも不安そうな顔をしている。今年の花火大会は荒れるかもしれない。

しきりにミスズが首を振っていた。何かを探しているのかとも思ったが、違うらしい。意味のわからない独《ひと》り言が聞こえた。

「……時間……修正中……システム……抵抗……軽微……処理シークエンス……」

声をかけるのもはばかられる雰囲気《ふんいき》だが、二人の近況が気になって三鈴が呼びかけようとした、その時。

「来るわ！」

鋭い声に頰《ほお》を張られたように橋の方を振り向くと、そのど真ん中で弾《はじ》ける光が三鈴の視界を白く濁《にご》らせた。

(雷が落ちた？　いや、違う！)

橋の近くにいる人々は平然と行き交《か》っている。

今の閃光《せんこう》にも放電音にも気づいていない様子だ。

眼《め》に焼きついた靄《もや》を払うように首を振った三鈴は、にらむように発光地点を再び見つめた。

「堅書君と瑠璃がいる！」

直実は外出着だが、瑠璃は浴衣どころかゆったりとした部屋着だ。どう見たってデートの途中ではない。

見れば、二人の周囲を狐面たちが取り囲んでおり、まるで別々の場所から彼らをここまで運んできたとも受け取れる状況だった。

「どうして⁉」

　直実たちは、瑠璃を事故現場に近づかせない方法を取ったのかもしれない。それは最良の方法に思える。それを狐面たちが邪魔をした？

「歴史の修正力が働いたの。二人は必ずここにいなければならない。そういうタイミングなのよ、今は！」

　唯一《ゆいいつ》現状を把握《はあく》している直実が、いち早く瑠璃の手を引いて逃げ出そうとする。しかし、何が起こっているのかまったくわからない瑠璃は、足がもつれて転倒してしまった。

「二人を助けないと！」

「ダメ、見守って！」

　飛び出そうとした三鈴の前を、子狐が必死の形相《ぎょうそう》で塞《ふさ》いだ。

「くっ……」

　邪魔してはいけないんだ。彼が、瑠璃を助けないといけないんだ。瞬時にそう悟り、三鈴は歯噛《はが》みする思いと眼差《まなざ》しを橋の中ほどへ向け直す。

　空の一角がひび割れるように光り、雷鳴を轟《とどろ》かせる。大きすぎる轟音《ごうおん》に恐れをなした人々が大急ぎで橋を渡っていく中、二人だけが残される。

　まさか、瑠璃を襲《おそ》う事故というのは、落雷――。

「堅書君！」

悲鳴のような声が三鈴ののどからほとばしった直後、直実が立ち上がる姿が見えた。

彼の表情が、狐のハンドサインなしでも鮮明に読み取れる気がした。

決然。

まるで雷鳴に挑《いど》む意志を示すみたいに、直実が天に腕をかざす。

その手のひらのすぐ上に、曇天《どんてん》より一層深い黒色の球体が現れ、世界を飲み干すような速さで肥大化《ひだい》していった。

異常を察したのか、狐面たちが虚空《こくう》に浮かぶ球体に飛びかかり、その手で表面をむしり始める。〈幻影〉を消すときと同じ作業だ。しかし、直実が球体を育てる方が圧倒的に速い！

「わたしさん、あれは何⁉」

「完全制御《せいぎょ》されたブラックホール。あれで落雷を受け止めるつもりよ！」

世界を縦《たて》に割るような光が走ったのは、その台詞《せりふ》と同瞬《どうしゅん》だった。

「あっ」という言葉が出る前に視界が白く塞がり、続く巨大な炸裂《さくれつ》音が地面と骨を震わせる。

瞬間的に折れかけた膝《ひざ》に即座に力を込め直し、橋の上に焦点《しょうてん》を当て直した三鈴は、落雷の衝撃から生き残った数機のライトが照らしだす膨大《ぼうだい》な水蒸気に息を呑《の》んだ。

（どうなったの……？）

震える手で狐面をむしり取り、強張《こわば》った筋肉で自らを石化させながら、ただ白煙が晴れるのを待つ。

やがて蒸気が薄らぎ、その奥にいくつかの陰影を浮かび上がらせた。

「……いる！」

いる。いた。そう察した瞬間、風がすべての煙を剝ぎ取った。

直実は立っていた。手を天にかざしたままの姿で、確かに立っていた。足元には呆然《ぼうぜん》とする瑠璃の姿もある。

「やった、やったよわたしさん！」

三鈴は足元にいた子狐を持ち上げ、思いきり抱き締めていた。

少し前まで体を支配していた薄暗い感情はどこかに吹き飛んでいた。

やった。堅書君と、堅書ナオミはやり遂《と》げた。無事に瑠璃を守り抜いた！

落雷に驚いて人々が橋から駆け出してくる中、三鈴はミスズを抱いたまま、ほとんど無意識に二人がいる場所へ向かおうとする。

その足が、ぴたりと止まった。

二人は、座り込んだまま、抱き合っていた。

瑠璃の手が、ためらいがちに直実の背中に回される。

橋の表面から狐面たちが泡《あわ》のように浮き上がってきていたが、三鈴の目は凍《こお》ったように動かなかった。

やがて自分の行為に気づいたように、直実が慌《あわ》てて身を離した。あたふたと今しがたの行動を謝罪しているようだったが、瑠璃は咎《とが》めることもなく、ただじっと直実を見つめ返した。

そこにだけ、世界から隔絶《かくぜつ》された時間があるようだった。他のすべてが見えなくなって、意味がなくなる。二人にとってはきっとそんな瞬間。

二人の顔が近づく。瑠璃が目を閉じる。

唇《くちびる》と唇が互いの存在を意識する。

三鈴は目を背《そむ》けられない。

(やめて)

そんなどうしようもない声が、胸の内側で小さく響いた、刹那《せつな》。

直実の体が大きく揺らいだ。

(えっ……)

彼の手袋から黒い奔流《ほんりゅう》が噴《ふ》き上がり、上空でカラスを象《かたど》った。しかしそれも一瞬のこと。両翼を、両足を、体全体を蜘蛛《くも》の足のように変形させたカラスは、それらの先端を瑠璃の周囲に叩《たた》きつけると、あっという間に鳥かごのような檻《おり》を作り出していた。

驚いた瑠璃が、格子《こうし》の隙間《すきま》から手を伸ばそうとする。直実もそれを受け止めようとする。しかし二人の手は、見えない壁に阻《はば》まれた。

瑠璃が何かを叫んでいるようだったが、音まで遮断《しゃだん》されているのか、聞こえてくるのは悲鳴のような直実の声ばかりだった。

「え、え？　何……？」

わけがわからないのは三鈴も同じだった。

あれは瑠璃を守っている？　まだ救助作戦は続いている……？

混乱し定まらない目が、夜気《やき》の向こうからゆっくりと二人に近づく影に焦点を結んだ。

フードを目深《まぶか》にかぶり、音もなく橋を歩いてくる姿は、いっそ亡霊《ぼうれい》より亡霊じみている。

「〝器《うつわ》〟と〝中身〟の統一が必要だった」

暗い声がそう告げた。

「物理脳神経と量子精神のズレを解消しなければならなかった。彼女の精神を事故当時の状態に近づける必要があった」

彼が何を言っているのかわからなかった。ただフードの内側が洞窟《どうくつ》のように暗い。

「結局、こうなってしまうのね……」

ミスズが唇を噛《か》み切るような声でつぶやいた。

「わたしさん？　これって、どういうことなの……？」

親も道も見失った迷子の気分でたずねた三鈴に、ミスズは抑揚《よくよう》を欠いた声で告げた。

「堅書ナオミの目的は、瑠璃を守ることじゃない。守った瑠璃を——堅書君に強く恋をした瑠璃を、自分の時代に連れ帰ることなの」

「え……？」

今まで信じていたものが、一歩、ずれる。

「瑠璃は落雷事故で命を落としたわけではないの。脳死状態になったの。でも堅書ナオミの時代には、脳蘇生《そせい》の技術が、まだ未熟ながらも存在する。彼は、あの瑠璃を使って、それを成し遂げようとしている」

「つ、使うって……使うって、なに……？」

不穏《ふおん》な響きに、声が震える。

「今の瑠璃を犠牲《ぎせい》にして、未来の瑠璃を救うってこと……？」

ミスズからの否定はなかった。瑠璃を捕らえた檻の横に立つ堅書ナオミと、目の前のミスズを何度も交互に見ながら、体同様、がたがたと震える舌が、どうにか言葉を紡《つむ》ぐ。

「ね、ねえ、これでいいの？　これでいいのわたしさんッ⁉　こんな結末で……こんな歴史でいいの⁉」

「よくはないわ。こうならないことをわたしたちは願っていた。何度も何度もトライした。でも、やっぱりこうなってしまった。もう、どうしようもないの。こうなってしまっては手遅れなの、何もかも……」

うなだれるミスズの口から流れ出る声は、すべてを諦《あきら》めた無力感と共に、三鈴の足元を這《は》い広がっていく。

「いやだよ……っ」

三鈴はその声を踏みつけるように足を突っ張ると、狐面をつけ直した。

「こんなの、ダメだよ！」

「わたしちゃん！」

諌《いさ》める声から逃げるように、三鈴は走り出していた。

堅書ナオミと瑠璃は、共に空に消えていこうとしていた。いつの間にか夜空は赤いオーロラに包まれている。ミスズと出会った時のように、堅書ナオミ本人が初めてこの時代に現れた時のように。

橋の上では、直実が何かを叫び続けていた。もうほとんど言葉になっていない。その様子から、彼が何も知らされていなかったのは一目瞭然《いちもくりょうぜん》だった。何も知らないまま、堅書ナオミを手伝っていたのだ。

堅書ナオミは、踏みにじった。

直実の気持ちを。瑠璃の気持ちを。二人が、お互いに受け渡した気持ちを！

そんなの、絶対、ダメ――。

「だ、あああああああああああっ！」

三鈴は跳《と》んだ。

羽のように軽い体を、とてつもなく強靭《きょうじん》な力で空へと跳ね上げた。

弾丸《だんがん》のように風を切り、遠く高く見えていた堅書ナオミと瑠璃へと一気に接近する。

堅書ナオミの顔に驚愕《きょうがく》が読み取れた直後、瑠璃が囚《とら》われた檻の天面に上半身が届いた。しがみつく際に檻の側面に思いきり腹を打ちつけたが、うめき声よりも先に、三鈴は思考の伴《ともな》わない無軌道な感情をぶちまけていた。

「ダメだよ、こんなことしたら！　あなたはこんなことをするような人じゃない！」

堅書ナオミは、三鈴の声を聞いてさらに眼を見開いた。

三鈴は檻の中の瑠璃を見る。気を失っているようだったが、その顔には動揺と恐怖の跡が残っていた。

胸の中から泥のような感情が染《し》み出し、続く言葉を叫ばせる。

「瑠璃が大切なんでしょ？　誰よりも大事な人なんでしょ!?　どうしてこんな、傷つけるようなことをするの!?」

ぎりと食いしばった歯から漏《も》れたため息の欠片《かけら》のようなものが、堅書ナオミが返してきた答えのすべてだった。その眼はひどく思い詰め、乾ききっていた。

〈幻影〉の貌《かお》そのもの。それを何倍も濃縮した陰《かげ》。三鈴がほんの少しなりとあげられたと思っていた余裕は微塵《みじん》もなく、彼はただうつむくようにして、顔を闇《やみ》に伏せた。

「返してあげてよ……。堅書君に瑠璃を……瑠璃に堅書君を、返して……！」

三鈴の指先が、じわじわと檻の天面を滑り始める。

足をどこかに引っ掻《か》けて支えようとしたが、その動作は体をよりずり落とさせることにしかならなかった。

「堅書ナオミ……堅書君……っ！　ねえ……お願いだから……。こんなことやめてよ……！」

そう声を絞り出した瞬間、三鈴は宙に滑り落ちていた。

体が綿毛《わたげ》のようにゆっくりと降りていく。

三鈴は力の抜け落ちた目で、離れていく二人をただ見つめた。

どこか悲しげな瞳《ひとみ》で見下ろす堅書ナオミから、檻の壁面にもたれかかる瑠璃へと目を移した瞬間、不意に湧《わ》き上がってきた感情が三鈴を揺さぶった。

（ねえ、わたし、今、本当に、全力だった……？）

走った時も、跳んだ時も、空中でしがみついていた時も、体の芯《しん》から、そうしようとしていた？　どこかで手を抜いてなかった？　今だってまだ何かできるかもしれないのに、わざと諦めた振りをしてない？

……どうして、そんなことをするの？

だって――瑠璃がいなくなれば、堅書君は、一人になるから。

（あ、ああ、あああああ……）

行き着いた答えに、三鈴は絶望のうめき声を上げた。

遠ざかる光景が涙で滲《にじ》んで、血みたいに赤いオーロラに呑み込まれていく。

瑠璃がいなくなればいいと、思った？

あの子さえいなければと、思った？

だから堅書ナオミを行かせた？

そんなことを考えてしまうのが本当の自分だというのなら。

それがわたしの本当の気持ちなら。

わたしなんて、大っキライだ。


気がつくと、三鈴は自室のベッドに寝かされていた。

「大丈夫？」

すぐ隣から聞こえた声に顔を向けると、人の形態になったミスズが、どこか疲れた笑みを浮かべて座っていた。

「わたし……」

さっきのは夢だったのか。いや、夢であるはずがない。直実の絶叫、ぐったりとした瑠璃、つらそうな顔の堅書ナオミ、そして自分の生々《なまなま》しい感情の動き、夢ならばすぐに消えていってしまうはずの記憶が、体の内側にびっしりこびりついている。

「三鈴さん」

病人を労《いたわ》るような悲しいほど優しい声に、三鈴は身を硬くする。

何もかもを見透かされていると恐怖する心に向けられた言葉は、しかし意外なものだった。

「わたしについて来てもらえる？」

変身した姿でミスズに連れられてやって来たのは、瑠璃の家だった。一度、古本を受け取りに行ったことがあるので一目でわかった。が、

「なに、これ……？」

以前とは大きく異なる目の前の光景に、三鈴は声をこぼすしかなかった。

瑠璃の家は、赤いガラスケースのような立方体にすっぽりと覆われていた。表面には時折、蜂《はち》の巣めいたハニカム構造状の光が走り、壁面を駆け抜けていくさなか、プリズムに色を変化させていた。

駅の電光掲示板のように壁を流れる文字を目で追えば、「この領域に重大なデータ欠損《けっそん》が発生しました。修復が完了するまで当該《とうがい》領域は使用できません。alltale system」の文言《もんごん》。何のことかさっぱりわからない。

周囲には狐面たちがうろついており、まるでここを守っているようでもあった。

「変身は解かないでね。そうすれば、彼らは無害だから」

いつも外出する時は子狐の形態なのに、今だけは人の姿のままのミスズが言う。

得体《えたい》の知れない光景から目を引き剝がすことができず、しかし問うことにも本能的な恐怖を感じた三鈴は、重い罪科を言い渡される咎人《とがびと》の心境で、彼女が継ぐ言葉を待つしかなかった。

「あれはね、データの補修中なの」

「補修……？　データ？」

「この世界から瑠璃が抜け出てしまったことと、本来、彼女の事故にまつわるいろんな事象がここに集束するはずが、そうならなかったことへの補修」

「わからないよ……」

三鈴がかぶりを振ると、ミスズはすまなそうに微笑《ほほえ》んだ。

「ねえ、三鈴さん。今、西暦何年かわかる？」

「えっ、二〇二七年だよ」

「いいえ。二〇四七年よ」

きょとんとする三鈴に、

「わたしは未来から来たんじゃないの。ここが、二〇四七年の現代《いま》に記録された過去の世界なの。正確には、国際記録機構研究所にある量子記憶装置アルタラⅡが記録している二〇二七年の京都」

「えっ、えっ？　待って、ちょっと待って」

「ええ。いくらでも待つわ。あなたにはその権利があるのだから」

優しく言われ、三鈴は理解するより先にまた言葉を失うことになった。彼女の今にも泣きだしそうな笑顔は一体何なのだろう。それに、三鈴さんって。

「記録の、中、なの？　ここは……」

言葉の意味を噛みしめることもできず、ただ聞いた単語を繰り返した三鈴に、ミスズはゆっくりとうなずき返した。

「アルタラは量子回路をループさせて演算を行うことによって、無限の記憶容量を持っているの。市内の歴史記録事業センターに行ったことはない？　そこの〈京都クロニクル〉はアルタラを利用したプロジェクトで、ただその時代の風景を記録するだけじゃなく、当時の人々の脳の電気活動――つまり意識の形さえ、データ化して保存できるようになっているわ」

徐々《じょじょ》に追いつく理解が、声を震わせる。

「じゃ、じゃあ、わたし……わたしも……データ、なの……」

「そう。あなたは、機械が覚えている二十年前のわたしなの」

三鈴は自分の手を見つめた。体をさわり、そこに体温があることを確かめた。心音があることを確かめた。けれども、これも記録なのか？　この血流も、鼓動《こどう》も、全部とうの昔に過ぎさったもので、ここにいる勘解由小路《かでのこうじ》三鈴は、幻影のように存在しないものなのか？

答えを求めて体を触り続ける震える指が、自分より少し大きな手に優しく包まれた。

ミスズだった。彼女は微笑み、

「怖がらなくても大丈夫。根源が情報であれ血肉であれ、その都度思考して変化を生み出していくものを、わたしは単なる記録とは思わない。数字は自然のもので、アルタラが記憶しているものが数値なら、やはりあなたも自然の存在なの。ただほんの少し、在《あ》り方が違うだけ」

膨《ふく》れて叫び出しそうだった薄暗い何かが、胸の内で静かに縮小していくのを三鈴は感じた。

ミスズは優しい手つきで、三鈴の手を三鈴の胸元へそっと返した。

「あなたには、本当のことを話すわ」

ミスズの疲れたような目が、瑠璃の家を覆う黒い壁を一度捉《とら》え、再びこちらを向いた。

三鈴はどう心を身構えさせればいいのかもわからないまま、彼女の第一声を聞く。

「ここがデータの中の世界であるように、堅書ナオミがやって来た未来もデータの中にある世界なの」

「えっ？　堅書ナオミも？」

確かに、今が二〇四七年だとすれば、二〇二七年から十年後の未来から来た堅書ナオミも過去の人物ということになる。

「ここはね、二〇四七年現在、脳死状態にある堅書直実を治療するための、蘇生プログラムの中の世界なの」

「蘇生プログラム……えっ、脳死？」

「ええ。眠っているのは本当は瑠璃ではなく、彼の方なのよ」

「……！」

ミスズはそれから少し難しい話をしてくれた。

二〇四七年の医療技術により、機能停止した脳を蘇《よみがえ》らせることはできる。しかしそれは脳が再起動したというだけであって、記憶や思考の元となりその人をその人たらしめているニューロンの情報網《もう》は、脳死という大きな断絶を境に著《いちじる》しく損なわれてしまっている。そのままでは完全な回復には至《いた》らない。脳の蘇生と同時に、情報構造も復元しなければならない。そのためのガイドラインが必要だった。

「そのガイドになるものが量子精神。数値化された心。堅書ナオミがさらっていった瑠璃そのもので、わたしの専門分野」

彼女はかすかな自嘲《じちょう》を滲ませながらそう言った。

「頭の中まではっきり記録してくれているアルタラがあれば、堅書直実のガイドを作ることは不可能じゃない。そう思ってた」

悔《くや》しげに唇を歪《ゆが》めると、彼女は吐き出すように続きを話した。

「堅書ナオミの心は今〝壊れている〟。執念に憑《と》りつかれ、狂気の瀬戸際《せとぎわ》にあるの。このままではガイドとして正常に機能しない。自分を守ろうとする、生物としてごく当たり前の意識さえろくに持っていないの。そんな心のままでは、とても使えない」

三鈴は堅書ナオミの思い詰めた眼差しを思い出した。彼には最初から、直実にも、瑠璃にも、自分に対してすら思うところはなかったというのか。いや、しかし……。

「これまでのアプローチでも、彼はいずれも、烈火《れっか》のような己《おのれ》の執念に焼き尽くされながら今日と同じことをしたわ。絶叫する堅書君から、瑠璃を容赦《ようしゃ》なく奪い去った。ここが後戻りできるぎりぎりのラインなの。行動を完了してしまった堅書ナオミが、彼本来の心を取り戻すチャンスはもうないの」

「……！」

見えない棘《とげ》を胸の中に広げられた気分で、三鈴は声と手を震わせた。

「わたしが……あの時、止められなかったから……」

「それは違うわ！　あの時はもう手遅れだったの。もっと前の段階で、偏《かたよ》った状態を回復させなければいけなかったのよ」

ミスズは素早く言うと、三鈴の両腕を押さえ込むように支えてきた。

「あなたは頑張った。本当によく頑張ってくれたわ。今回のトライで、堅書ナオミの心理パラメータが、今までにない数値を何度も示したの。それはあなたのおかげ。これは間違いないわ」

視線が正面から絡《から》み合い、三鈴は思わずうつむいた。彼女はこちらの本当の気持ちを知らないでいる。こちらが、純粋に瑠璃のために協力してきたと思っている。

（違う……わたしは、違うんだよ……）

忸怩《じくじ》たる思いだけを共有するように、ミスズの低い声がまた地を這う。

「わたしたちは、堅書ナオミに対して手詰まりだったわ。思いつく有効な手段は全部試した。でも、彼が一行《いちぎょう》瑠璃を取り戻そうとする執念には、どうしても勝てなかった。それほどに強い情念だった。だからわたしは、わたしたちが予測しきれない未知数の部分に可能性を求めた」

「それが……わたしなの？」

ミスズはこちらの目をしっかりと見つめ、うなずいた。

「あなたは驚くべき行動力を見せてくれた。あなたを騙《だま》したわたしがこんなことを言っても、はらわたが煮えくり返る思いでしょうけど、でも、聞いてほしい。三鈴さん、本当にありがとう。あなたのおかげでかつてないほど重要なデータが取れた。この状況パラメータを詳細《しょうさい》に記録して、次のアプローチに絶対に活《い》かすわ」

「次の……アプローチ……？」

不穏に胸を揺るがす言葉に、三鈴は恐々《こわごわ》とミスズの顔をのぞき込んだ。

真《ま》っ直《す》ぐ。一切ウソを含まない真摯《しんし》な眼差しが、こちらを見つめていた。

「堅書ナオミが瑠璃のデータを不正に引き抜いてしまった以上、このプログラムをこのまま走らせるわけにはいかない。過負荷《かふか》によるデバイスの破損を防ぐためにも、ここも、堅書ナオミの帰った世界も、一度リセットする」

「――――！」

驚愕する自分の顔が、ミスズの瞳を通じて見えた。それでも、彼女の目は揺らがなかった。まるで瑠璃のように強固な光を放って、こちらのすべてを焼きつけようとしていた。

「三鈴さんをただの記録ではないと言いながら……ううん、この世界をただの記録ではないと言いながら平然とこんなことを口にするのは、人の所業《しょぎょう》じゃないわよね。でも、わたしはやる。今なら好きなだけぶん殴っても蹴《け》っ飛ばしてもいい。大丈夫。ちゃんと痛いから。ちゃんと、覚えておくから」

掴《つか》まれていた腕を優しく放されても、三鈴は身動きできなかった。

自分を映すミスズの目があまりにも実直で、指先すら痺《しび》れて動かなかった。

「わたしは……っ」

意味もなく出た言葉を、ミスズの手のひらが遮《さえぎ》った。

「ごめんなさい、少しだけ待って。——わたしよ」

ミスズは耳に手を当てると、顔を大きく横にそらして誰かと話し始めた。

「ええ。こちらでも確認したわ。瑠璃は連れ去られた……そう。そちらの時代にもう届いたのね。ここまでよ。リセットを——え……な、何を……わ、わかったわ」

ミスズがうろたえたと思ったら、彼女はおもむろに、両手の指で枠《わく》の形を作った。すると虚空に小さなスクリーンのようなものが生じ、「ＳＯＵＮＤ ＯＮＬＹ」の表記が浮き出る。

「勘解由小路三鈴さん」

落ち着いた知的な声が、三鈴の鼓膜《こまく》を静かに揺らした。

「一行ルリです」

「え……」

三鈴は耳を疑った。はっとする。

脳死状態にあるのは堅書ナオミの方なのだ。本来の未来では、一行瑠璃は無事……ということなのか？

「初めましてではないけれど、初めまして。どうしてもわたしの口からあなたに伝えたくて、ミスズに声を繋げてもらいました」

「は、はい……」

まるで学校の先生のようなきびきびとした淀《よど》みない口調に、三鈴は思わず背筋《せすじ》を伸ばしてしまった。

「――本当に、ごめんなさい」

彼女の最初のメッセージは、そこからだった。

「わたしたちはあなたの純粋な気持ちを、自分たちのためだけに利用した。これは到底《とうてい》許されることではないわ。あなたの怒りをわたしは一生負い続ける。その上で、言わせてほしい。本当にありがとう。ミスズに手を貸してくれて。堅書君と高校生のわたしを見守ってくれて」

「……！」

混じりけのない感謝の言葉に、三鈴は三度《みたび》胸を押しつぶされる痛みを味わった。

そんなもの、受け取る資格はない。

それでも、心からの謝罪と感謝を告げる相手に、いつまでも押し黙り続けるわけにはいかなかった。三鈴は、今、たった一つだけ知りたいことを訊《き》いた。

「あなたは、ずっと、そうしているんですか。堅書ナオミ……さんを失ってから、ずっと変わらず……あの人を助けるために、これを続けているんですか」

返事はただ一言。

「はい」

三鈴は、ノイズの走る小さなフレームに残された沈黙から、向こうにいる女性の哀《かな》しそうな顔を見た気がした。

彼に何が起こったのか、本当の歴史は何なのか、訊く気力もわかなかった。

ただ一つのこと――堅書直実と一行瑠璃がどこまでもすれ違ってしまっている悲哀のみで、もう十分なくらい胸が苦しかった。

堅書ナオミの世界では、瑠璃がいない。

一行ルリの世界では、直実がいない。

二人が一緒にいられる世界がなく、それでもお互いを強く求め合っている。

堅書ナオミが瑠璃を目覚めさせようと妄執《もうしゅう》に憑りつかれたように、一行ルリも直実を目覚めさせるために長い挑戦を繰り返している。

どちらも妥協《だきょう》なく、諦めもなく、ひたむきに、心から、愛し合っている。

十年後も。二十年後も。たとえどちらかが返事の一つもしてくれないまま眠り続けていても。

（そうなんだ。二人は、そういう二人なんだ……）

三鈴は拳《こぶし》を強く握りしめた。それなのに。そんな二人に対して、わたしは。

「ルリ、もういいでしょう。時間がないわ」

ミスズが落ち着かない様子で会話を遮った。しかし、

「いいえミスズ、本題はこれからです」

「どういうこと？」

ルリは揺るがない口調で続けた。

「わたしたちはこれまで、ここから先に踏み込んだことはありませんでした。けれど、もしこの先にこそ、堅書さんを助ける重大なキーが存在しているとしたら？」

「その発想は危険よ、ルリ。あなただってわかってるでしょう」

「ええ、ミスズ。あなたが感じてくれているのと同程度の危険を承知《しょうち》しています。それでも、そろそろ賭《か》けるべきだと思いませんか」

ルリの決然と走る声音《こわね》を、ミスズの心配そうな声が追いかける。

「簡単に言わないで。この精神サルベージのプログラムを今の形に仕上げるのにどれくらいかかった？」

「十五年と百三十三日」

「ここでデータが根本から壊れれば、その全部が吹き飛ぶ。もしデバイスの物理破損があれば、パーツの調達から再調整の時間もプラス。またあなたと堅書君の時間が失われるのよ」

二人の時間――その言葉が三鈴の耳に深く突き刺さる。ミスズは、二人を大切に思っている。どこまでも純粋に、二人のために行動している。

「それでも挑戦すべきです。今、状況は、かつてないほどいい。三鈴さんのおかげで」

「だから、この状況パラメータを分析《ぶんせき》すれば、次のトライはより良い環境で――」

「プログラムだけの話をしているのではありません。わたしたちの心のことです」

「……！」

「彼女がわたしたちに前に進む勇気を見せてくれた。今いる場所から一歩踏み出す勇気こそ、チャンスに繋がるのだと思い出させてくれた。今の集中力なら、後悔のない決断をいくつでも越えていける。たとえ何が起こるかわからない未知の領域にあっても。――許可してください。ミスズ」

鉄球のような重たいストレートに、ミスズが身をのけぞらせた。トーンを落とし、拗《す》ねたような声を返す。

「……なんで、わたしに訊くのよ。このプロジェクトの主任はあなたよ」

「それでもわたしはあなたにGOを出してほしい。わたしたちのために、人生の長い時間を費《つい》やしてくれたあなたに。そうでなければ、わたしは進みたくない。あなたの決断と共に、わた

し は前に向かいたい」

苦悩に頭を抱えたミスズを見て、三鈴は羨望《せんぼう》と自己嫌悪が体中で暴れ回るのを感じた。

ミスズはルリを大切にしている。そしてルリも——一人で何でも決めてしまえるあのルリでさえも、ミスズのことを深く信頼している。

互いの人生を預け合い、認め合い、支え合っている。

（わたしも）

瑠璃とこんな関係になりたかった。親友になって、深くわかりあいたかった。

まぶしい。どこまでも真っ直ぐな二人がまぶしい。

どうしてわたしだけこんな風になってしまったんだろう。

瑠璃も堅書君も勘解由小路ミスズも一行ルリも堅書ナオミもみんな真っ直ぐなのに、なんで。

わたしもこうなりたかった。こうでありたかったよ。

今の自分がイヤだ。キライだ。こんなわたしがキライだ。

でも一番キライなのは——キライだと言っているだけの自分だ。傷つくことを恐れて、何度も何度も本当の自分を無視してきた、臆病《おくびょう》でウソつきなだけの自分だ……！

気がつけば、口から嗚咽《おえつ》が漏れていた。

涙がとめどなくこぼれ、腿《もも》に押し当てた拳が痛いほどだった。

「三鈴さん……！」

ミスズが慌てた様子で駆け寄ってきた。

「ごめんなさい。あなたの前で、リセットだとか続けるだとか、無神経なこと言い続けて……」

三鈴は首を横に振った。

自分がデータだとか、この世界がプログラムだとか、そんなこと何の実感もない。

リセットされたらどうなるのか、死んでしまうのか、何一つ理解してない。

信じられるのは、
ここに自分がいて、ミスズが目の前にいて、瑠璃がさらわれ、直実が残され、堅書ナオミが執念に焼き尽くされていて、一行ルリがそれを長い長い時間をかけて救おうとしていることだ。

そして、ここで終わってしまったら、自分は、自分がキライな勘解由小路三鈴として、何もかも確定してしまうことだ！

ぐちゃぐちゃな気持ちに手を突っ込んで、一番素直な自分を探す。

今一番したいこと。率直《そっちょく》なわたしはどこにいる。

直実も瑠璃も素晴らしい友人だ。二人を再会させてあげたい。どんな時代のどんな彼らも、元通りにしてあげたい。それだけだ。それだけの勘解由小路三鈴だ！

「わたし、続けたいよ」

三鈴は涙も拭《ふ》かずに、嗚咽交じりの声で言った。

「瑠璃を追いかけよう。この世界に連れ戻してあげようよ」

それは終焉《しゅうえん》だ。

わたしの恋の終焉だ。

それがどれだけ苦しいか想像もつかない。ただ好きなだけでこんなに苦しいのだから、気づかない恋ですらあんなにつらかったのだから、いっそこのまま何もかも消えてしまった方が幸せなのかもしれない。

でもいいんだ。やり遂げた先に失恋があっても、それが今一番やりたいことだから。

それができる自分こそが、自分が好きになれる自分だから。

だから、ここで終わりたくないんだ！

「三鈴さん……」

涙が止まらない目を真っ直ぐ向けると、ミスズの息を呑む気配が伝わった。

彼女はこちらの濡《ぬ》れた目を見つめ、その奥から何かの答えを拾い上げたようだった。同情ではなく、それを選ぶことこそ最良の判断であると確信できる、強固にして明瞭な意志。心。

彼女の唇がぐっと力強く結ばれた。

「……一行ルリ主任。職員ナンバーT43661、特殊心数分析官、勘解由小路ミスズから要請するわ。現プログラムを続行。堅書ナオミと瑠璃を追って、二〇三七年のステージへリダイブする。目的は瑠璃の奪還《だっかん》。許可を」

「許可します」

ルリの声ははちきれそうな喜びに満ちていた。

「ミスズ、あなたと親友になれたことは、わたしの人生の大きな二つの誇りのうちの一つです」

「え……何よ急に？　ど、どういうこと？」

「そのままの意味です。わたしは言葉で伝えるのが上手《うま》くないから、できるだけ理解しやすい言い方にしたつもりですが、わかりにくかったですか」

「〜〜っ！　もう、あなたっていつもそうよ……」

どうしたってニヤついてしまう顔を手でぐにぐにと揉《も》みほぐすミスズの袖《そで》を、三鈴は軽く引っ張った。

「三鈴さん？」

「わたしさん、それやめて」

三鈴は泣きながら笑った。

「わたしさんが、わたしのこと、わたしちゃんって呼んでくれるの好きだから、そう呼んで。他人行儀にしないで」

「……いいの？　わたしは、あなたのこと、ずっと騙して……堅書ナオミと同じことをしたのよ？」

「違うよ。だってわたしさん、ずっとわたしと向き合ってくれたもん。三鈴さんて言わないで。わたしちゃんって言って。あなたは確かにわたしと続いてるって言って」

はっとしたミスズの顔がくしゃりと歪みそうになり、それから輝くような笑顔になった。

「わたしちゃん」

「うん、わたしさん」

三鈴が軽く両腕を開いて催促《さいそく》すると、ミスズはいつものように軽快に、馴《な》れ馴《な》れしくハグしてくれた。

「やってやりましょう」

「ええ、やってやりましょう」

第六話

―

世界に
一人しかいない
あなた

市内のいたるところから狐面《きつねめん》たちが無限に湧《わ》き出してくるのを、三鈴《みすず》は自宅の屋根の上から呆然《ぼうぜん》と見つめていた。

いつもの彼らではない。その額《ひたい》には巨大な眼《め》が開き、一心不乱に建物という建物を片っ端からその手で粉砕《ふんさい》――というより分解していた。

「お待たせ、わたしちゃん」

肩に飛び乗ったミスズは子狐の形態をしている。

「わたしさん、これ、何が起こってるの？」

「二〇二七年の世界は、堅書《かたがき》ナオミの歴史区分にあるアルタラが記憶している世界。まあ、夢中《む》夢《ちゅう》みたいなところなの。堅書ナオミが瑠璃《るり》のデータを引き抜いたせいで、そこのコンピューターに異常が生じたから、一旦《いったん》たたみにかかってるのね」

建物が分解され、ＡＲゴーグルで見るようなポップアップ情報のみになっても、三鈴にはここがデータの中であるということがまだ実感できなかった。それでも、この崩壊《ほうかい》する世界から急いで脱出しなければいけないことだけはわかる。

「ルリは堅書君のフォローに回ったわ。彼も別方向から二〇三七年のステージに乗り込むつもりよ」

「堅書君が……」

三鈴は口元が緩《ゆる》むのを自覚した。

そうか。そこまでになったんだ。あの入学式の日、男子の列の中で、前後に気を遣《つか》っておっかなびっくり歩いていた彼が、今や、お姫様を助けるために未来に乗り込む一人のナイトだ。

「変身したわたしちゃんは、あの狐面――自己修復システムと同質の存在になってるから、あっちの二人とは侵入経路が別になる。向こうに出る場所もタイミングも若干《じゃっかん》ずれる。行きましょう。入り口は、堅書ナオミが瑠璃をさらった時にできた穴よ」

「わかった」

狐面を顔にはめ直すと、ミスズを肩に乗せて花火会場――宇治《うじ》公園を目指した。

道中、街のあらゆるものが狐面たちによって分解処理されていた。建物も山も川もお構いなしに、狐面たちが取りついている。

京都タワーは変わらなく見えたが、よく観察するとケーキに群がる蟻《あり》のようにびっしりと狐面たちが取りついており、三鈴は慌《あわ》てて目をそらした。虫はキライだ。

無人の京都市内を駆ける。

狐面たちはこちらに見向きもせず、自分たちの仕事に没頭していた。

「あの人たちも、〈幻影〉を消すためのサポートロボットじゃなかったんだね」

三鈴が言うと、ミスズは申し訳なさそうに、

「ええ。さっきも言ったけど、自己修復システム。記録内で発生した異変を解決する機能なの。〈幻影〉はものすごく微細なエラーで、彼らにとってはさほど深刻なものじゃなかった。だか

ら、あなたに指定して消してもらう必要があったの」

「魔法みたいな未来の力も、全部プログラミングの力？」

「そうね。リアルタイムでのハッキング。やりすぎると狐面たちに目をつけられちゃうから、できることはだいぶ制限されていたけど。……色々騙《だま》して、ごめんなさいね」

「ううん。どっちにしろ、未来の不思議な技術には変わりないって感じだし。何だっけ。高度な科学は魔法と区別がつかないっていう、あれ」

三鈴が微笑《ほほえ》むと、ミスズは子狐の顔を緩ませた。

二人で崩《くず》れゆく世界を走る。

公園はまだか――。

高い屋根からさらに飛び上がった際に、目的地を遠望しようとする。

その目が、極《きわ》めて異常なものを視認した。

車が、空を飛んでくる。

一台や二台ではなく多数。乗用車も大型バスも工事現場にあるような重機もおかまいなしにだ。

「な、何あれ!?」

よく見れば車以外にも、バス停の標識、立て看板《かんばん》、ごみ箱、自転車、街中に置かれているありとあらゆるものが、まるで磁力に引き寄せられるみたいに、こちらに迫ってくる。

三鈴は、それらをかわしつつ前進しながら、体の中身だけが傾いているような不快感に襲《おそ》われた。ざっと九十度ほど。そしてすぐそれが、正しい感覚だと理解した。

これらは飛んでいってるんじゃない。転がっているのでもない。

「落ちていってるんだ。世界が、縦になってるんだ！」

後方、あらゆるものが転がり落ちていく方角に目を向ければ、その先を赤いオーロラが覆《おお》っていた。そこに呑《の》み込まれたものは、たちまちデジタルな立方体の破片になって霧消《むしょう》していく。

三鈴は自分もそこに落ち込んでいく感覚を味わったが、それは錯覚《さっかく》だった。世界が縦になっても、自分の足は地面に張りついて離れなかった。見れば、他の狐面たちも同様に、変わらず解体作業を続けている。これが、自己修復システムと同じだということなのか。

さらに世界が傾く感覚があった。今度は車が真上へとすっ飛んでいく。とうとう逆さまになってしまったらしい。もはや自分の考えが追いつかない。

「わたしちゃん、あそこに堅書ナオミが開けた穴があるわ」

前方の空に、不思議な光を放つ点が浮いている。

いつの間にか目的地に到達していたようだ。

位置が高い。ジャンプして届くかどうか。

その時三鈴はふと、周囲から大勢の狐面たちが集まってきていることに気づいた。額に開いた琥珀《こはくいろ》色の眼がぎょろりと動き、本能的に三鈴を身構えさせたが、彼らの注目を集めているのは主に、あの空の穴だった。

狐面たちはどんどん集まり、折り重なって小高い丘を作っていった。

「わたしさん、狐面たちが……」

「彼らも瑠璃を追ってあそこから出ていこうとしている。彼女を消してしまうつもりよ」

「瑠璃を？　ど、どうして？」

「この世界の瑠璃の情報があちらにあることが、アルタラにとって不正だから。でも今はちょうどいいわ、橋になってもらいましょう！」

三鈴は狐面たちが作り出す丘の上を走った。

最初は踏んでも大丈夫そうな肩のあたりを選んで足を降ろしていたが、後から迫ってくる狐面たちの勢いに呑まれて、いつしかどこだろうとかまわずに踏みつけるようになっていた。

「えいっ！」

三鈴は光の穴に飛び込んだ。同時に狐面たちも大勢飛び込んできた。

内部は極彩色《ごくさいしき》の万華鏡《まんげきょう》だった。

何かに似ているように思えて実は何にも似ない幾何学《きかがく》模様が、いくつもの階層を織りなしながら三鈴に迫ってきてはすり抜けていく。

いつまでも眺《なが》めていたい幻想的な光景だったが、終着点はすぐにやって来た。

正面にぽっかりと空《あ》いた黒い穴が見える。

三鈴の体はたくさんの狐面たちと同様、そこに吸い込まれていった。

閉所にみっちりと詰め込まれる一瞬の息苦しさの後、三鈴は濁流《だくりゅう》の勢いに流されて広い世界に放り出された。

「うっ」

濁流の正体は狐面だった。大勢が密着し、手足が絡《から》み合って、パックから出されたばかりの切り干し大根みたいになっている。

もはやどこを触られていようが咎《とが》める神経も働かず、三鈴は手足をばたつかせて狐面たちの中から這《は》い出し、外の景色を見た。

真っ先に目に入ったのは、頭から大きなチューリップを生《は》やした男性が、驚愕《きょうがく》に目と口を大開きにしてこっちを見る姿だった。はっきり言って何者かさっぱりわからなかったが、次に見えた白衣姿の綺麗《きれい》な女性や、整然として無機質な室内の様子から、何かの研究室であることが即座に思い浮かんだ。

もしかすると、ここがそのアルタラというコンピューターがある施設なのかもしれない。

「瑠璃がいるのは隣の病院よ」

ミスズの指示に従うまでもなく、溢《あふ》れ出た狐面たちの濁流に運ばれ、窓の外へと飛び出した。

十年後の未来という感慨よりも、漠然《ばくぜん》とした〝広さ〟が三鈴の肌《はだ》を摑《つか》んだ。

自分たちはさっきまであの研究所の機械の中にいた。たとえアルタラの内部が現実と遜色《そんしょく》ないほど広大でも、その外には、より感覚的に確かな広さがあった。

滝のように地上へと落ちていく狐面たちの流れから何とか離脱し、隣の病院へと飛び移る。庇《ひさし》を蹴《け》って走ると、窓際に集まっていた患者たちが驚愕の目を向けてきた。こっちの世界にも現実と変わらず人がいて、しかも狐面たちを見て大騒ぎをしているようだった。

「あそこ。五階のあの病室よ！」

ミスズに導かれるまま滑り込んだ病室で待っていたのは、意外な光景だった。

大勢に踏み荒らされたように乱れた室内と、空《から》っぽのベッド。

それから、両足を投げ出して壁にぐったりと寄りかかる堅書ナオミ。

生気の抜け落ちた顔に、殴られたような赤みがうっすら浮き出ていた。

「堅書君はもう瑠璃を取り返した後みたいね。――ちょっと待って、ルリから連絡よ。……オーケー。二人の脱出を援護するわ。わたしちゃんも――」

「待って。あの人と話をさせて」

三鈴は身動き一つしない堅書ナオミを見つめて言った。

「……わかった。この鈴に通信機能を付けるから、用が済んだら呼びかけて」

口と前脚で器用に三鈴のリボンと鈴を結び付けると、肩を軽く蹴る感触を残して子狐は窓から飛び降りていった。

残された三鈴は、小さく深呼吸してから、ゆっくりと堅書ナオミに歩み寄る。

近くで見る彼の思い詰めた顔は、最後に見た時よりもより一層深い陰《かげ》を刻《きざ》んで青ざめ、見ている方が痛みを覚えるほどだった。投げ出された足の片方はまるで棒のようで、近くに転がる真新しい松葉杖《まつばづえ》が三鈴の脳裏《のうり》にいつまでもその形を残した。

わが身すら顧《かえり》みない執念。それが彼をボロボロにし、その挙句《あげく》に、今の姿にした。

隣に座ると、ようやく目をこちらに向けてきた。乾いた石のようだった。

この姿で直接会うのは、あの花火大会で、瑠璃を捕らえた檻《おり》に飛びついた時以来だ。

三鈴は無言のまま狐面を取り払った。どうにでもしろと言うようだった堅書ナオミの目が、驚きにわずかに見開かれる。

「君は……」

「今のあなたは堅書君じゃない」

堅書ナオミのつぶやきをかき消すように、三鈴は静かに切り出した。

彼の顔に疲れた笑みが一瞬浮かんだが、それもすぐに無表情の中に埋もれる。

「堅書君じゃない、か……。君に俺の何がわかる」

「わかるよ。ずっと見てたから」

この時になって初めて堅書ナオミに感情らしい感情が見えた。

「どういうことだ？　何をしようとしていた？」

露骨《ろこつ》な敵意と警戒心《けいかいしん》だったが。

無理もない。堅書ナオミは、学校生活の段階でこちらを怪《あや》しんでいた。

執念に追い詰められた彼に、身をゆだねられるほど信用できるものなんてなかっただろう。

怪しいものは、きっとすべて、目的を阻《はば》む障害に見えていたはずだ。

けれど、三鈴は構わず告げる。

「あなたのことが好きだったから」

「……⁉」

「だからいつも、見てた」

戸惑《とまど》いと、驚き。

意外なほど素直な彼の表情に少年時代の面影《おもかげ》を見た三鈴は、胸の内に、言葉が追いつかない感情が溢れるのを感じた。

この人は確かに堅書直実《なおみ》だ。わたしの好きな堅書直実の成れの果てなんだ。何度も何度も挑戦して、行き着いた先がここ。こんな残酷なことってない。抱きしめてあげたい。頑張ったねって言ってあげたい。でも、しない。

「こんなひどいことをしたらダメだよ。堅書君は、こんなことをするような人じゃない。もっと優しい人のはずだよ」

以前と同じ言葉を、三鈴はかけていた。

「瑠璃だって悲しむよ。その足は、瑠璃を助けるために無茶したんでしょ？」

肯定を含む短い沈黙の後、堅書ナオミはぞんざいに口を開いた。

「俺には一行《いちぎょう》さんしかいない。彼女が助かるなら何でもするし、俺の体がどうなろうと、どうでもいい――」

「どうでもよくないよ！」

三鈴は大声で彼の言葉を遮《さえぎ》る。

「瑠璃にもあなたしかいないんだよ。あなたが傷ついたら瑠璃だって悲しむよ」

「彼女は悲しむことさえできなかった。俺の足一本で救えるなら安いものだ」

「それだけじゃない。もっと大事なものを失《な》くしてる。あなたが、あなただってことを、失くしてる！」

一直線に、彼に伝える。

「ある日目覚めた時、そばにいる堅書君が堅書君じゃなくなってしまっていたら、瑠璃はどうしたらいいの？　世界中どこを探しても、あなたはここに一人しかいないのに！」

「……！」

それを聞いていた堅書ナオミが、苦しそうな顔になった。

三鈴はその顔を知っている。火事で燃えてしまった瑠璃の本を再生する直実を見守っていた時、花火大会で瑠璃を連れ去る時、彼は同じ顔をしていた。

「あなたは堅書君を裏切ったことで、瑠璃のことも傷つけたの。あなたはずっと堅書君じゃなきゃいけなかった。わたしだって、堅書君でいてほしかった……！」

何も言い返さず、ただ唇《くちびる》を震わせる堅書ナオミを見て、三鈴は理解した。

彼も苦しかったんだ。こんなことをする自分がイヤだったんだ。こんなことをする自分を、瑠璃は受け止めてくれないだろうって、ちゃんとわかってたんだ。

でもどうしようもなかった。

わかる。その気持ち、知ってる。

「……俺にどうしろって言うんだ。一行さんを救うにはこの方法しかなかった。諦《あきら》めていればよかったって言うのか。ベッドの中で歳《とし》を取っていく彼女をただ見ていればよかったっていうのか。機械の中で生きている彼女を見て、それで満足すればよかったっていうのか！　俺は嫌だッ……！　もう一度、どうしても会いたかった。話をして、彼女に、笑ってほしかった……」

堅書ナオミが両手で顔を覆った。悔《くや》しくて、悲しくて、泣いているみたいだった。

三鈴は唇が震えるのをこらえながら「違うよ」と声を絞《しぼ》りだした。

「瑠璃のためにどんな無茶でもしちゃうあなたは、やっぱり堅書君だった。ただ、このやり方じゃ、瑠璃もあなたも幸せになれないっていうだけ。だって、あなたが幸せになれないから。

変わってしまった自分に苦しむことになるから。そんなあなたを見ていたら、瑠璃だって幸せになれないよ」

「……！」

「つらい気持ちも、思い詰めてしまうこともわかるよ。でも、もうちょっと自分に優しくしよう？　堅書君がちゃんと優しい堅書君のまま、瑠璃を迎えに行ける方法を探そう？」

「そんなもの……ない。あれが唯一《ゆいいつ》の方法だ。方法、だった」

「まだだよ」

堅書ナオミの硬《かた》い声に、三鈴は叫び声を押しかぶせた。

「堅書君は諦めなかったよ。あなたの特訓でも、火事で燃えちゃった瑠璃の本を直す時も、諦めなかったよ。あれはあなたなんだよ。そして十年たっても、やっぱり、全然諦めが悪いんだ」

三鈴は膝《ひざ》をつき、彼の手を取った。節々《ふしぶし》まで硬直しきった、冷たい石を思わせるような手だった。

「こっちの瑠璃がちゃんと起きられるよう、わたしでよければいくらでも協力する。わたし、機械の中にいるデータらしいんだけど、もしかしたら、その方がいろんなことが手伝えるかもしれない。堅書君には言えなかったこともあるでしょ？　でもわたしにならウソつかなくていい。何でも話して。それで、もう一度探すの。二人が幸せになれる方法を！」

必死の呼びかけに、堅書ナオミの顔に驚きが滲《にじ》んだ。

「君は……どうして、そこまで」

三鈴は目をそらさなかった。真《ま》っ直《す》ぐ彼を見返した。

「あなたと瑠璃が、わたしにとってとても大切な人だから。そして二人を助けることが、わたしにとって、同じくらい大切なことだから。だから絶対、諦められない。あなたを、諦めさせない！」

心は揺らいでいなかった。二人のために、自分のために、もう一度頑張るんだ。その気持ちだけがあった。

堅書ナオミは目を見開き、瞳《ひとみ》を揺らし、そらし、何かを確かめるようにもう一度こちらを見た。それから諦めたように——きっと諦めることを諦めて、口元にかすかな笑みを浮かべた。

「もう……チャンスはないと思っていた。これが最初で最後だと……。だが、そうだな。そう決めたのは、他の誰でもない俺自身だ。だったら、まだ終わりじゃないのか。まだ続けられるのか、俺は」

堅書ナオミが棒のように伸ばされた自分の足を見つめ、再び三鈴に焦点《しょうてん》を戻した。

「すまない。そこの杖を取ってくれ」

「この世界も機械の中の記録だ」

混乱する病院内の喧騒《けんそう》を避け、裏口から駐車場に出た堅書ナオミの声は、内容とは裏腹《うらはら》に力がこもっていた。

「何がどういう構造になっているのか、もう俺にはわからん。しかし、自己修復システムが飛び出してきたということはそういうことなんだろう」

松葉杖を叩《たた》きつけるようにして歩く速度は、三鈴の小走りと大差なかった。体が大きいんだと漠然と思った三鈴は、つけ直した狐面の裏から堅書ナオミを恐る恐る見た。

今の話の流れだと、堅書ナオミはここが現実でないと絶望し、何もかもを投げ出してしまうかもしれない、という危惧《きぐ》があった。

しかし彼の口元にあるのは、わずかだが確かな、笑み。

「だが、俺がやるべきことは何ら変わらない。俺と世界が夢だろうと現《うつつ》だろうと知ったことか。一行さんを助ける。手伝ってくれるというのなら、助かる。乗ってくれ」

嬉《うれ》しかった。彼がやはり彼であることが。

淡い色合いのコンパクトな車が停《と》めてあった。三鈴は促《うなが》されるまま助手席に滑り込む。

瞬間、少し申し訳ない気がした。この席は本来、この世界の瑠璃が座るべき場所だ。

エンジン音が鳴り響き、車体が思慮深げに身じろぎするのと同じタイミングで、三鈴はリボンに結ばれた鈴に呼びかけた。

「わたしさん。……うん、わたし。堅書ナオミと合流したよ。ん？　そう、彼本人。一緒に行動してる。二人を助けに行くよ。どこに行けばいい？　――京都駅。了解。ナオミさん、二人は京都駅に向かってる！」

「わかった。行くぞ」

甲高《かんだか》い音を立てて一瞬だけ空回りしたタイヤは、すぐにアスファルトに嚙《か》みついて車体を前方へと力強く押し出した。

流れる十年後の景色に、見知った街との間違い探しをしている余裕はなかった。街中のいたるところに狐面たちがいて、それを見た人々を怯《おび》えさせている。

三鈴の世界のように建物が分解されたりはしていないが、何かを探しているようだ。〈幻影〉を探していた姿と重なる。

「一行さんを消そうとしている」

堅書ナオミが言った。

「今の一行さんは、高校生の彼女と現在の彼女が同一のアドレスで存在している。自己修復システムはその矛盾を、どちらかを消去することで解決しようとしている。だが、方法は殺害と何ら変わらない。――俺のせいだ」

説明の最後を血の滲むような自責で締めくくった堅書ナオミは、車の速度を一切緩めないまま、目だけに弱気を浮かばせた。

「助けに行くことはいい。罪滅ぼしができるなら何でもする。だが、正直……合わせる顔がない。嫌われるどころの話じゃない」

それきり彼は黙った。エンジン音だけがする車内で、三鈴はふと、どうしても言いたかったことを一つ思い出した。

「ナオミさんって、瑠璃の眼を信用してないでしょ」

わざと明るい声で、三鈴は言う。堅書ナオミは怪訝《けげん》そうな視線を一瞬だけこちらに向けた。

「……何の話だ？」

「堅書君に、自分と同じことをさせてた。バスの中とか、図書室でとか」

「そんなことか。そうしなければ、あいつと一行さんが恋人になれないだろう。俺と同じ方法を取るのが唯一の成功法だったんだ」

「ほら、瑠璃の眼を信じてない」

「どういうことだ」

堅書ナオミは焦《じ》れたようにヘッドレストに頭を押しつけた。

「ねえ、瑠璃のどこが好き？」

「おい……」

「時間あるでしょ？　答えてよ」

しつこく聞くと、彼はこの問いをさっさと終わらせるためという態度で答えをよこした。

「自分で自分のことを決められるところだ。決めたことはとことんやる。他人の目を怖がらない。どこかの臆病者《おくびようもの》には到底《とうてい》届かない強い自己と意志だ。そこに惹《ひ》かれた」

「じゃあ、瑠璃は堅書君のどこに惹かれたんだと思う?」

少し考え、だいぶ考え、すっかり苦りきった顔になったところで、堅書ナオミはつぶやいた。

「……わからん」

三鈴はくすりと笑って、

「優しいところだよ」

「ただ優しいヤツなんてごまんといる。所詮《しょせん》それだけの男だ。だから、ノートが必要だった。何かおかしいか」

「瑠璃のために十年も、三百回以上も挑戦を続けられる人はいないよ」

三鈴の即応に、堅書ナオミから一時、言葉が消えた。

「知っているのか」

「あなたが失敗した穴埋めを、わたしがあっちの世界でやってたんだよ。幽霊みたいなあなたがたくさん出てきちゃって、大変だったんだから」

「幽霊……?　まさかブランクデータか?　そんなことになっていたとは、すまなかったな」

「いいの。楽しかったから。あ、話がそれちゃった。だからね、瑠璃はあなたのそのものすごい優しさが好きになったの。でも、瑠璃にとってあなたでなくちゃいけない本当の理由はもう一つある」

三鈴を演じていて楽しかったのは、映画本編のどのシーンですか？

『ルーリー！』と三鈴が瑠璃を呼ぶシーン、図書室からルーリーを連れていくところ
古本市の売り子をしているシーンはとても楽しかったです。

**スピンオフでは中学生の三鈴が未来の自分と出会うところから始まりま
もし福原さんが10年前の自分に一つだけアドバイスできるとしたら、
どのようなことを伝えますか？**

10代で出会った方に今でもたくさん支えていただいているので、
「感謝の気持ちを忘れず、何事も恐れず全力で挑戦して欲しい。」
と伝えたいです。

**スピンオフでは大人しかった三鈴が、未来のミスズと
出会ったことで成長し、自分の感情を解放していきます。
福原さんは自身の性格が大きく変化したと思うタイミングはありましたか
それはいつどんな時でしたか？**

小学校4年のころから4年間出演させていただいた
「クッキンアイドル アイ！マイ！まいん！」という番組に出演していたとき、
愛のあるスタッフの方々のおかげで、
ずっと人見知りだった自分がすこし社交的になれました。

――福原 遥さんありがとうございまし

画『HELLO WORLD』公開＆
ピンオフノベライズ『HELLO WORLD if
─勘解由小路三鈴は世界で最初の失恋をする──』発売記念

解由小路《でのこうじ》三鈴《みすず》役 福《く》原《はら》 遥《はるか》さん スペシャルインタビュー

画本編では学校のアイドル的存在、スピンオフではifの世界で
人の運命を見守る役に徹した勘解由小路三鈴。
番近くで三鈴を見ていた福原遥さんに彼女の魅力を教えてもらいました。

勘解由小路三鈴（以下 三鈴）というキャラクターの
魅力を3つ教えてください。

常に笑顔でいるところ

自分よりも相手の気持ちを想い行動しているところ

今の自分を変えたいと、たくさん努力しているところ

3つです。

三鈴と似ているなと感じるところや共通点はありますか？

の自分を変えたい！ 芯のある強い女性になりたい！ と思っているところは

ているかもしれません。

三鈴を演じるにあたり意識したことはなんですか？

しく、おっとりした可愛らしい声にすることと、

に笑顔で話すことを意識しました。

─裏面へつづく

「…………」

堅書ナオミはもう口を挟《はさ》まず聞く態勢になっていた。三鈴は言った。きっと、自分の心にトドメを刺すだろう言葉を。

「瑠璃は、自分のしたいことをちゃんとできるすごい子だよ。でも、だからかえって、それで満足しちゃうの。ある意味、殻《から》みたいなものかも。だから、冒険に連れ出してくれる人が必要なの。彼女の知らない殻の外に」

堅書ナオミから息を呑む気配が伝わった。

「もちろん、ただ連れ出すだけじゃダメだよ。その先で、ちゃんと瑠璃を守ってくれる優しい人じゃないとね。瑠璃に必要なのは、優しくて、殻の外の世界が魅力的だって知ってて、さらに殻を破るのが大変だってことも知ってる人。それがね、堅書直実君っていう男の子だった」

三鈴は堅書ナオミを見た。

「あっ、赤くなってる？」

「なってない」

「ウソ、なってるよ。ちょっと見せて」

「おいやめろ！　運転中だぞ！」

「見てるだけだよー。そっちこそ、そんなに顔背《そむ》けたら前見えないよ」

本気で怒られそうだったので、三鈴はそこまでにして身を引っ込めた。ほっとした様子の彼

に、

「だからね……あなたと同じやり方でなくてもよかったの」

最初に伝えた話に戻す。

「お互いをきちんと知り合う時間さえあればよかった。堅書君を知っていけば、瑠璃は必ずその優しさに気づく。自分にないものを——見知らぬどこかに出かけていける足があることを理解する。だから二人は、ちょうどいい二人なんだ。お互いが、お互いを必要としているの」

「…………」

「でもあなたは、瑠璃の眼は節穴《ふしあな》だからそんなことに気づくはずがないと思ってたんだよね—？」

茶化《ちゃか》すように言うと、彼は少し慌てた様子で、

「そんなこと思うか。君なら知ってるだろ。高校時代の堅書直実がどれだけヘタレたガキか。そんなふうに自己肯定できるような男だと思うか？」

「……うん。そうだね。よく知ってる。見てたから」

「あ……」

戸惑うような数秒の沈黙の後、彼は至極真摯《しごくしんし》な声で言った。

「すまない。俺が好きなのは、一行さんだけだ」

それは、想像していたよりもずっと深くまで、三鈴の内側に響く言葉だった。呼吸が空回《からまわ》り

し、言葉がのどに絡む。それでもどうにか応じた。

「あ、うん、あ、あの、うん……。わ、わかってた。それはわかってたよ。さ、さっきはごめんなさい。ずるい言い方だったよね。本当に伝えるべきは高校生の堅書君なのに、わたしったら、もう全然ダメ……あははは……。でも……うん。…………わかった……」

痛みは明確な棘《とげ》を持たず、三鈴の胸の中を迷子のようにさまよった。

堅書ナオミは堅書直実であっても堅書君じゃない。そんな言い訳にもならない慰《なぐさ》めがかろうじて心の内膜《うちまく》を支えてはいたものの、彼の十年後に言われた言葉は、目の前で瑠璃との永遠の愛を誓《ちか》われたも同然のように思えた。

（いいんだよ。これでいいんだよ）

深く息を吸う。息を吐く。

これはゴールではない。まだ本物の失恋がこの先に待っている。これはリハーサル。卑怯《ひきょう》すぎる言い方だけど、これはその時の痛みの覚悟をくれる。本番はこれよりもっと苦しい。でも今なら、ちゃんと受け止められるよね……。

彼は何も言ってこなかった。ここでの慰めの言葉ほど残酷なものはないとわかっているのだろう。三鈴も何も言ってほしくなかった。居心地の悪い沈黙は、しかし、それが唯一の救いに違いなかった。

その時。

バン！　と車両後部に衝撃が走り、三鈴は思わず首をすくめていた。

振り向いた彼女が見たのは、車に張りついた数体の狐面だった。

「なにッ……！」

堅書ナオミの驚きは、三鈴が見たものに対してではなかった。前方、広い道路を狐面たちが埋め尽くし、道を塞《ふさ》いでいた。車が急減速する。

三鈴は咄嗟《とっさ》にミスズに助けを求めた。

「わたしさん、狐面たちが道を塞いでるの。どうにかならない？」

「ちょっと待って。よし、いいわ。あなたに魔法のステッキを授ける！　近くで思いきり振って。突風が起きて彼らを一時的に吹っ飛ばせるわ」

目の前にぼんやりと浮いた光から、かつて〈幻影〉処理に使っていたステッキの柄《え》がにょきりと生えてきた。

「ありがとうわたしさん！」

感謝を述べてそれを引き抜くと、

「わたしが露払《つゆはら》いする。ついてきて！」

三鈴は車のドアを開け、真横に流れる風景の中に飛び出した。

足を突いた瞬間つんのめりそうになるが、自己修復システムと一体化した運動神経はすぐさま次の一歩を前に踏み出させ、彼女を狐面の奥へと突っ込ませた。

「やあああああっ！」

思い切り振り抜いた。手首に重み。まるで空気自体を押し出しているような感触は、腕を振り終えた瞬間に実際の圧力となって狐面たちを盛大に吹き散らす。

三鈴はちらりと後ろを振り向き、手を振る合図を送った。堅書ナオミが車を進めてくる。

狐面を吹き散らしながら、三鈴と車は前進した。しかし、

（ダメ、数が多すぎる！）

自己修復システムの増殖速度は異様だった。

まるで縄張《なわば》りを犯された蜂《はち》のように、あちこちからぽこぽこ湧いてくる。

吹き飛ばされた狐面たちも続々と戻ってきていた。自己防衛の本能があるのか、はっきりとこちらに反撃する意志を見せている。このままでは身動きが取れなくなる。

「どうしよう、これじゃ二人を助けにいけない……！」

三鈴はステッキを握りしめた。

その硬い感触が、ある閃《ひらめ》きを彼女にもたらす。

「そうだ……マーキング！」

彼女はすぐさまミスズに声を飛ばした。

「わたしさん！　マーキング……マーキングできない!?　狐面たちを同士討《う》ちさせるの！」

「修正システムの同士討ち……!?　その発想とっても素敵《すてき》よわたしちゃん。でも、マーキング

よりももっといい方法を思いついちゃった。そのステッキで狐面たちにタッチして。今度は吹っ飛ばさないようそっとね」

迷う必要なんてない。三鈴は言われるがまま、ステッキを触れさせながら狐面たちの中を走り回った。こちらを摑まえようとする狐面たちの手が左右から伸びてきたが、跳《と》んで、しゃがんで、滑り込んで、無事、群れの端まで渡り切った。

「オーケーもういいわ！　いくわよ！」

ミスズの意気込んだ声が合図だった。

それまで三鈴を追いかけていた狐面たちが、突然、痙攣《けいれん》を始めた。のけぞり、顔をかきむしるような激しい仕草《しぐさ》を見せたかと思えば、手で顔を覆ったまま停止。まるで毒でも飲まされたような姿に三鈴はぞっとしたが、彼らが再び手を下ろした時、その狐面は真っ赤に染まっていた。

こちらと同じ、赤ずきんの色。

赤狐たちはもう三鈴を捕らえようとはしなかった。両手をだらりと下げ、ただこちらを見ている。

恐怖は感じなかった。無機質なはずのその頼もしい眼差《まなざ》しを誰よりも間近《まぢか》で受けてきたから。

「プログラムの乗っ取り成功！　短時間よ、わたしちゃん指示出して！」

そんなこと急に言われても――〈幻影〉狩りで馴染《なじ》みすぎている！

「突っ込めえーっ！」

赤狐たちが跳んだ。狐面たちもそれに応戦するように飛びかかった。

大通りの中央で、両者はぶつかる波しぶきのように弾《はじ》ける。

自己修復システム同士の大乱闘だった。赤狐が殴り飛ばせば、狐面が蹴り返し、二体が一体を押さえ込めば、三体でそれを押し返した。

「こっち！」

赤狐たちがこじ開けた間隙《かんげき》に堅書ナオミの車を誘導する。

狐面たちはもうこちらを見向きもしなかった。

走りながら開けた助手席に転がり込む。

「無事か⁉」

何よりもまず安否《あんぴ》を気にしてくれる彼の声が、胸の内をむずがゆがらせる。「平気！」とすぐに答えた。

「一体何をした？　同士討ちのウイルスでも流し込んだのか？」

「知らない！」

元気よく応じた声に、堅書ナオミは苦笑いを返すしかなかったようだ。

とにかく突破した。これで二人に追いつける。

そう思った矢先、切羽《せっぱ》詰まったミスズの声がリボンに結ばれた鈴を揺らす。

「待ってわたしちゃん！　二人が京都駅に向かえてない！」

「何、どういうこと⁉」

「どんどん東側に――鴨川《かもがわ》の方に追い詰められてるの！」

「場所はどこだ⁉」

堅書ナオミが叫ぶように訊《き》いた。

「四条大橋《しじょうおおはし》を過ぎたあたりよ！」

「チッ、あのへんは隘路《あいろ》も多い。囲まれたら逃げ場はないぞ！」

急いでハンドルを左に切りながら、続けて心配そうにもらす。

「車で回収できる位置にいてくれるといいが……」

「わたしが二人を拾うよ」

三鈴は意を決して言った。

「ナオミさんは五条《ごじょう》大橋のあっち側で待ってて。わたしが二人をそこに連れていく」

堅書ナオミの生きた目が三鈴を見つめた。できるのか？　という問いかけもなく、彼はただ一言こう告げた。

「頼む」

三鈴は扉を開けると再び飛び出した。

道路を一蹴りし、そのまま空へと跳び上がる。

息を呑んだ。

混乱する京都市内を、黒い靄《もや》が移動していた。

すべて狐面だ。まるで空を覆うイナゴの群れのように、建物の屋根から屋根を伝ってある一方向へと移動している。

自分たちがさっき見た群れなど、あれに比べたら小さなものだ。たった一人の少女を消去するために、これほどの物量が投入されるのか。

けれど、今さら躊躇《ためら》いなんてない。

躊躇うことこそ一番怖い。あの時みたいに。

「そうして後悔したんだ。そうして自分をキライになったんだ。わたしは二度と、自分をキライにならない！」

踏み込んだ足がアスファルトを砕《くだ》き散らし、粉塵《ふんじん》を舞い上げた。その塵埃《ちりぼこり》を一瞬で振り切って、三鈴は雲霞《うんか》のごとき自己修復システムの群れを目指す。

二人はすぐに見つけられた。

直実は瑠璃を後ろに乗せ、必死に自転車を漕《こ》いでいた。

車二台がぎりぎりすれ違えるほどの狭い道路。並ぶ街路樹のすぐ隣は堀になっていて、荷揚げ場の名残《なごり》なのか、水面とほぼ変わらない高さまで下りられる階段が見て取れた。

逃げる二人の左手側には切れ目なく家が並んでいて、その奥は鴨川だ。

狐面たちは、病院から京都駅へと南下する二人を東へ東へと追い詰め、この位置にまで誘い込んだようだ。

この手口、知ってる。

三鈴が元気な〈幻影〉を追い詰めたやり方だ。

自分たちがやられて初めて、ずるい手口だと気づく。

彼らの狙《ねら》いはわかっている。二人を救う手立てはないか。作戦の先回りはできないか。

ふと気づく。

隘路を走る狐面も、屋根伝いに追尾《ついび》してくる狐面も、数体がまるで小突《こづ》くように直実たちに近づくだけで、一斉《いっせい》には動かない。

待っているのだ。しかるべきタイミングを。

思い出した。

彼らには、獲物《えもの》を捕らえる時の、お決まりのアクションがある。

(これなら……できるかもしれない)

三鈴は狐面たちの群れに追いつき、その後尾に身を潜《ひそ》めた。

お面の位置を確かめる。こちらの正体を二人に知られてはいけない。知られたく、ない。

二人が逃げる前方を、地面から湧き上がった狐面たちが塞いだ。南方からの回り込み。

「しまった!」という直実の痛恨《つうこん》の叫びが、急ブレーキの音に混じる。

怯えた表情の瑠璃を背にかばい、戦う覚悟を決めた彼の表情を、暗闇《くらやみ》が覆った。

狐面たちが、一斉に空から襲いかかったのだった。

追い詰めた相手の頭上から大勢で躍《おど》りかかり、押し潰《つぶ》して動きを封じる。

これが狐面たちが〈幻影〉を消すときの常套《じょうとう》手段だった。

三鈴はそれを何度も見てきた。飛びつくというのは強力な攻撃だ。しかし、宙にいる間、彼らの動きは至極単調になる。

狐面たちがこぞって地上からいなくなり、二人の姿がはっきり見えた。

寄り添うような彼らを見た瞬間、胸の中に隠した感情が大きく体を震わせるのがわかった。

この、致命的なタイミングで。何よりも集中していなければいけない、このタイミングで。

勘解由小路《かでのこうじ》三鈴は堅書君が好き。

瑠璃に取られたくない。

醜《みにく》くて直視したくない素直な感情。偽《いつわ》らざる本心。

見れば足が震える。手がかじかむ。一歩も前に進めなくなってしまう――。

しかし、三鈴はその棘だらけの感情を正面から抱き留める。

わかるよ。

つらいよね、苦しいよね。堅書君は優しくて一途《いちず》でカッコイイよね。瑠璃はそんな人に愛されてて羨《うらや》ましいよね。一方的に大切にしてもらえてずるいよね。嫉妬《しっと》しちゃうよね。でもキライになんかなりたくないよね。どうしたらいいかわからないよね。わかるよ。泣いていいよ。苦しんでいいよ。叫んでいいよ。思う存分《ぞんぶん》、暴れていいよ。でも、

（ここからは決して出さない）

あの二人の笑顔が好き。あの二人がお互いを埋め合えるのが嬉しい。

それを守りたい。二人の恋を守りたい。

それが勘解由小路三鈴が何よりもしたいこと。

だから今、このチャンスの、

（邪魔をするな！）

三鈴は渾身《こんしん》の力を込めて道路を蹴り出した。

地を這うほどに低く。跳び上がった狐面たちの下を切り裂くように走る。

空襲《くうしゅう》する狐面たちに気を取られていた直実は、地面すれすれに接近するこちらの動きに、一瞬対応が遅れた。

歯を食いしばり、青い手袋をこちらに向けてくる。

三鈴は思い出す。

彼はあのアルタラの中での特訓で、堅書ナオミが降らせた鉄球に対し、咄嗟に自分の身を守るために頭を抱えて倒れ込んでいた。

今の彼はそんなことはしない。ただ背にした大切な人を守るため、迫り来る脅威《きょうい》を真っ直

ぐ見据《みす》え、何でもできる魔法の手袋を向けてくるのだ。

（強くなったね！）

三鈴は直実の伸ばした腕をかいくぐるようにして、二人に肉薄した。

あの青い手袋の正体が身を隠した一行ルリで、この時彼女はこっちの姿を確認して、直実がデザインした反撃を顕現《けんげん》させなかったと知ったのは後のことになる。

三鈴は肩からぶつかるようにして、直実を捕まえた。

腕に巻き取るようにして持ち上げ、その背後にいる瑠璃も逆の腕で捕まえる。脇《わき》に抱えるなんてこちらの体格では無理。服の背中をむんずと摑む。

暴れる二人に怯《ひる》むことなく、三鈴は隘路から跳んだ。

すぐ横を、狐面たちが鋭く下降していく。心なしか、愕然《がくぜん》とした顔をこちらに向けているようにも見えた。

跳んだ足が民家の屋根を踏む。陽光を反射する鴨川が視界中に広がった。行き止まり。それ以上進めない。しかし次の一蹴りに全身全霊を込める！

「うおおおおーっ！」

直実と瑠璃を抱えて、跳んだ。

曲がりなりにも二人分の重みが加わっている。いつも通りの大ジャンプができるとは思っていなかった。川幅およそ五十メートル。それでも、絶叫と共に空へと撃ち出した体は――。

十分な高さ、十分な勢いを持って、雨上がりの虹《にじ》と同じ軌道を描きながら、彼女たちを川向こうへと運びきった。

いつも通りの軟着陸とはいかず、やや荒っぽいランディングとなってしまったが、二人にケガはないようだった。

愕然とこちらを見つめる四つの眼に応じるよりも早く、甲高いブレーキ音が三鈴の耳を揺さぶった。

「乗れ！」

運転席から顔を出した堅書ナオミが叫ぶ。三鈴はすぐに後部ドアを開けると、唖然《あぜん》としたままの二人を車内に叩き込んだ。

ドンと大きな音がして、急に視界が暗くなる。狐面が一体。車の上に飛び乗ってきたところだった。

三鈴は素早くドアを閉めると、身をひねるようにして屋根の上に上り、その動きで狐面の足元を刈《か》った。前のめりに車からずり落ちていく狐面を振り向くこともなく、天井に身を伏せたまま素早く運転席の上をばんばんと二度叩く。

以心伝心《いしんでんしん》。その合図を正確に読み取った堅書ナオミが、即座に車を発進させた。

路上に落ちた狐面の姿が急速に遠ざかっていく。

鴨川の外側から大回りで京都駅へと向かいだした車の上で、三鈴は何をするよりもまずミスズを呼び出した。

「何かあったの？　大丈夫⁉」

一瞬の隙《すき》をついた二人の奪取《だっしゅ》。それから川越えの大ジャンプ。おまけで狐面との刹那《せつな》の格闘。到底、今までの自分ではできないような激しいアクションの連続だった。

こちらの上がった息に異変を察し、心配するミスズの声さえ真っ白な頭に溶けていく中、それでもどうしても伝えたい言葉が、口からこぼれた。

「わたし、やったよ……！」

「え？」

「今度は全力だったよ。全力で走って、跳んで、今度こそ二人を助けたよ……！」

涙交じりの声に、聡《さと》い彼女はすぐに気づくものがあったのだろう。一拍《いっぱく》の沈黙の後、

「よくやったわ。それでこそ、わたし」

返された優しい声が、三鈴の疲れ切った体にじわりと染《し》み込んだ。うつ伏せにした体から、車の屋根が心地よく熱を取り去っていく。

「言いたいことは山ほどあるだろうが、まずは、無事に逃げ延《の》びてくれ」

事情を説明する堅書ナオミの声が、少し開いた窓から聞こえてきていた。

狐面たちは必殺の機を最悪の形で逃したようだった。

組織だった追跡は一旦途切れ、散発的な出現を堅書ナオミが荒っぽい運転で回避する程度で、三鈴たちは京都駅へと到着できた。

「ここまで来れば一安心よ」

ミスズの声が耳元を撫《な》でた。

直実と瑠璃が車内から出てきたのに続き、三鈴も屋根から飛び降りた。

二人の不思議そうな目に、思わず体を硬直させる。

耳付きの赤い頭巾《ずきん》に、狐面。コスチュームはヒラヒラで、他のどんな自己修復システムとも異なるとなれば、気になるのも当然だろう。けれど正体を明かすわけにはいかない。

「こいつのことはいい。味方だ」

堅書ナオミがフォローして、二人を先に進ませた。三鈴はほっとして、後ろをついていった。

目指すは大階段だった。高低差三十メートル、百七十一段にも及ぶ長い階段の途中途中に、一人に重なった二人の瑠璃を分離させ、元の世界に戻すためのシステムを段階的に構築するとのこと。

三鈴には感覚的にしかわからなかったが、実際に作業するのは直実および、ルリとミスズだったので問題はなかった。

京都駅は狐面たちが巻き起こした混乱の余波《よは》で人々がごった返していたが、直実が地面に手を突き、風船めいた柔らかい枠《わく》を作り出すと、それに追い出されるように四方へ散っていった。

ここに来て、三鈴はようやく一息つけた。

狐面たちがここに来るまでには、少し余裕がある。そしてここで手伝えることはもうない。

大階段の最上段に座り、下の方で作業する二人の堅書直実をぼうっと見やる。

ようやく終わる。この十年先の世界での奪還《だっかん》劇。

それと同時に、未来から来た自分との冒険も一区切りつく。

物語が、終わる。

達成感と虚脱《きょだつ》感がない交ぜになった感慨を胸の中で転がしながら、ぼんやりと先のことを考える。

昏睡《こんすい》状態の堅書直実を救うプログラムはどうなったのだろう。

堅書ナオミはこれからどうする。本当に自分に手伝えることなどあるのか。

二〇二七年の世界はどうなる。消えてしまうのだろうか。

つらつらと羅列《られつ》される疑問を答えの出ないまま頭の中に素通りさせながら、三鈴はふと、直実たちから少し離れて所在《しょざい》なく立っている瑠璃に目を留めた。

改めて見ると、瑠璃は自分が知る彼女よりも大人っぽかった。十年後。二十代半《なか》ばの彼女なのだろう。けれどその手足は病的に細く、頬《ほお》もやつれて痛々しかった。

寝たきりの状態から目覚めて間もないのだ。今すぐそばに駆け寄って、支えてあげたかった。

でも、できない。

そうすればきっとこちらに気づかれてしまう。

正体も、ようやく直視できた自分の気持ちも、三鈴は一生明かさないつもりだった。

もし知れば、優しい二人だから、元の世界に戻った後も変にこちらに気を遣ってしまうかもしれない。

それは困る。二人には、誰にはばかることもなく、思いきり恋をしてもらいたい。

勘解由小路三鈴は何も知らないただの友人。それが一番いい。

そこまで考えて、瑠璃はどこまで今回のことを知っているのか、気になった。

この中で誰よりも一方的に振り回され続けた少女。ある意味最大の被害者ともいえる。

ここに到着するまでの車の中で交わされた言葉は多くなかった。直実と瑠璃を帰す算段と、二人に対する堅書ナオミの不器用な謝罪。それをただ黙って聞いていた瑠璃が、この一連のできごとの全貌《ぜんぼう》を把握《はあく》しているとは考えにくい。

安全な元の世界に戻ってから、直実はすべてを語って聞かせるかもしれない。

けれど語り切れない部分もある。

勘解由小路三鈴……という部外者。ミスズとルリに招かれた不確定要素。

こちらが何も語らなければ、その存在は永遠に秘匿《ひとく》される。

(でも、それは……)

不意に、瑠璃に対する罪悪感が芽生《めば》え、さっきの決意を根幹から揺るがせた。

自分は堅書ナオミの片棒を担《かつ》いでしまった。彼は謝罪したが、その一端《いったん》を担《にな》った自分はこのますますべてを隠して沈黙しようとしている。

それだけではない。彼女に嫉妬した。後ろ暗い気持ちを抱いた。その悪意すらも語らず、のほほんとこれからもそばにいるつもりでいる。

勘解由小路ミスズの過去にこんな歴史は存在しない。勘解由小路三鈴だけがそれを持つ。誰にも相談なんてできない。

（このままで、いいの？）

二人に気を遣っているなんて本当は体《てい》のいい言い訳で、ただ糾弾《きゅうだん》されるのが怖いだけではないのか。

そんな不誠実な自分に、瑠璃のそばにいる資格があるのか。友達でいていいのか……。

流れ着いた思考の行き止まりに、三鈴は手足をこわばらせた。

親友になれるはずだった少女。出会う前から憧《あこが》れ、入学式の日に、実物の佇《たたず》まいに強く惹かれた。無邪気に彼女に抱きついた記憶が懐《なつ》かしい。今、多くのことが積もり積もって最後の形を成《な》そうとする中、すべてが現実とかけ離れた遠い思い出に感じられる。

（わたしはもう、そばにいない方がいい……？）

考えれば考えるほど心細くなり、狐面の奥で一人落ち着かない視線を階段に這わせていた彼女はふと、隣に立つ誰かの気配に肩を震わせた。

瑠璃――。

三鈴は前を向いたまま動けなくなった。

彼女が静かに言う。

「お話、いいですか」

三鈴は応《こた》えなかった。顔も振り向けず、他の狐面たちと同じ作業的なシステムを装った。

こちらが反応せずにいると、瑠璃は何も言わずに隣に座ってきた。

苦しかった。彼女の隣にいる自分がひどく軽薄に思えて。

「まずは、お礼を言わせてください。助けてくれて、本当にありがとうございました」

瑠璃は深々とこうべを垂《た》れた。長い横髪が階段につきそうだった。

改まった彼女からの感謝は、後ろめたさを引きずる三鈴の中に、思わぬ声を反響させた。

――違う。あれはわたしがわたしを好きになるためにやったこと。瑠璃のためだけじゃない。

勘解由小路三鈴に、お礼を受け取る資格なんてない。

「あなたが助けに来てくれた時、なぜか、とても懐かしい感じがしたんです」

懐かしい……？　狐面の下で眉根《まゆね》を寄せる。

「突然こんな話をして変だと思われるでしょうが、あなたが、わたしのよく知っている女の子と似ているような気がしたので、多分それで」

「……！」

三鈴は、突然のど元を締め上げられたような気分になった。

今は狐面で変身した姿でいる。けれど、顔は隠せても体格や髪形はそのままだ。

(気づかれてる？　いや、そんなはずない。わたしがこんなところにいるなんて思うはずない)

瑠璃はここまで、ずっと心細い思いをしている。きっと、〝女の子〟によく似ている自分に対して、不安を紛《まぎ》らわせるために話しかけているだけだ。

そう考え、三鈴は内心の動揺を皮膚《ひふ》の一枚下で必死に押さえつけた。

「彼女はとても明るくて、軽やかで、賑《にぎ》やかで、可愛《かわい》くて、わたしとは全然違うタイプの女の子でした」

瑠璃が昔を懐かしむように語る。

容姿や性格を褒《ほ》められるのは嬉しい。ましてや、瑠璃からそう言ってもらえるならなおさらだ。

けれど今は、彼女の言葉の一つ一つが棘となって胸の内側を刺した。

「入学初日に飛びついてきた時は何事かと思いましたが、悪い子ではありませんでした。コミュニケーション方法が独特で、ついていけないこともあったのですが、仲は良好だったと思います」

みしりと胸が軋《きし》む。今となっては空々《そらぞら》しいほど無邪気なアプローチ。

仲は良好。こちらと同じ気持ちでいてくれたことが嬉しくて、同時につらい。

彼女は知らない。今でもまだ何も知らない。

いろんな秘密を、醜い感情を、隠し通そうとしているのがその友人であることも。

「……いえ、本当は違ったかもしれません。わたしは、友達というものがよくわからないので」

瑠璃は前を向きながら、少し自嘲《じちょう》気味に微笑んだ。

「小さい頃から一人で本を読んでいることが多かったからか、物語の中にさえいれば、特段寂《さび》しいということはありませんでした。両親は心配してくれたのですが、わたしは本当に、一人が苦ではなかったんです。だから、彼女がしてくれたことが普通なのか、そうでないのかは、よくわからないんです」

知っている。孤独を恐れないカッコイイ女の子。

背筋《せすじ》の伸ばし方一つ見ても、他人とは違う。

しっかり自分を持って、気持ちいいほど真っ直ぐで、いつまでもそれを見ていたかった。

そんな彼女が、わたしは——。

「……羨ましかった」

（え……）

わずかにはにかみを含んだ瑠璃の声音《こわね》に、三鈴は危うく相手の顔を見返しそうになった。

「初めてでした。他人を羨ましいと思ったのは。わたしはわたし、人は人。ずっとそう考えていましたから。でも、わたしにはできないことを次々やっていく彼女を見て、素直に羨ましいと感じました。……憧れ、だったんだと思います。きっと」

（違うよ……！）

三鈴は混乱しながら震える声を呑み込んだ。

違うよ。憧れていたのはわたしの方だよ。羨ましかったのはわたしの方だよ！

あなたに憧れていたから、あなたに相応《ふさわ》しいように変わったんだよ。あなたと自由に話せるのを目標に、変わったんだよ。

今だって同じ。どうしたらあなたみたいに真っ直ぐ立てるのか、考えて、悩んで、探り続けてる。あなたみたいになりたいから！

「わたしはどうにも、普段と違うことを始めるのが苦手なようです。だから、その子と同じことがしてみたくなっても、すぐに心で拒否してしまいました。わたしには必要ない、そんな言い訳をして」

瑠璃は少しうつむいた。声に気恥《きは》ずかしさが混じる。

「でも一度だけ、彼女と同じ、可愛いコスプ……仮装を、しました。その時の彼女の格好《かっこう》が、赤ずきんだったんです。あなたによく似た。だから、自然と思い出してしまうのかもしれません。わたしの方は不思議の国のアリスだったと、思います。恥ずかしい気持ちでしたが、でも、いつもの自分と違うみたいで、少しだけ、彼女と同じものが見えた気がして、嬉しかった」

（わたしと同じで……嬉しい……？）

瑠璃がなぜそう感じるのか理解できない。

彼女は、何を話している？

「でも最近、その子の様子が変で、あまり、話ができなくなってしまったんです」

「……！」

わずかに緩んでいた心に、その瑠璃の言葉は防ぎようもなく深く突き刺さった。

その友達の態度が変わったきっかけを、三鈴は誰よりもよく知っている。

彼女に嫉妬した。彼女の恋を妬《ねた》んだ。

これまでさんざん友達面《づら》をしておいて、応援しておいて、いきなり黒い感情を向けたのだ。

とんでもない裏切りだ。

彼女は最初から気づいていたのかもしれない。何もかも、察していたのかもしれない。

続きを聞くのが怖い。彼女の思いを聞くのが怖い。断罪されるのが怖い。

しかし、続く彼女の声に責めるような響きはまったく含まれなかった。聞こえてきたのはむしろ自責の苦み。

「その時になってやっと気づいたんです。その子が時折、とても優しい目でわたしを見ていてくれたことを。それがないと、一人は……こんなに寂しいものなんだってことを」

耳を疑った。寂しい。それは一行瑠璃がもっとも使い慣れない言葉のように思えた。

彼女はいつだって一人でも超然としていて、揺るぎないはず。

それなのに、どうして？

「堅書さんはとても優しい人です。わたしなんかにはもったいないくらい。でも、堅書さんがくれる温かさと、彼女がくれる温かさは、違うものだった。我ながらひどいワガママだと思うのですが、わたしは、彼女にも、そばにいてほしい」

真っ直ぐすぎる好意が、胸を刺す。

何事もない日々で聞けた言葉なら、これほど嬉しいものはなかったはずなのに。

（瑠璃……わたしはあなたを騙したんだよ……。嫉妬したんだよ……。そんな子に、そばにいてほしいと思う？）

事情を知れば、彼女はきっと幻滅《げんめつ》する。きっと嫌いになる。

瑠璃に打ち明けたくないのは、やっぱり、彼女の恋を邪魔しないためじゃない。ただ嫌われたくないからだ。自分を守りたいからだ。

「彼女は、わたしがつまらなくて、愛想《あいそ》を尽かしてしまったのかもしれません。彼女がくれたものを、わたしは全然返せていないから」

違う！　三鈴は叫びだしたかった。

そんなことあるはずない。瑠璃と一緒にいると楽しい。気づいていないの？　こっちがどれだけ充実した時間を過ごさせてもらっているか。

やめてよ。全部わたしが悪いんだ。全部わたしのせいなんだ！

「それでも」

自責の念の中にあってもなお芯《しん》のある声が、三鈴の衝動を呑み込んだ。

「わたしは、あの子がいいんです」

「――！」

心臓を、鷲掴《わしづか》みにされた。

「たとえわたしの態度が彼女を呆《あき》れさせてしまったのだとしても、あるいは、もっと他の理由があったのだとしても。それでもわたしは、彼女がいい。彼女に、そばにいてほしい」

……何で。どうして。どうしてそこまで言ってくれるの？

「初めての友達なんです。わたしに友達のことを教えてくれた、世界でただ一人の、大切な子だから、一緒にいたいんです……」

「……！」

世界でただ一人の、大切な。

それは、三鈴が堅書ナオミに対して伝えたことと同じだった。

三鈴は、いつの間にか強く握り込んでいた手を、気づかれないようにこじ開けなければならなかった。

「元の世界に戻ったら、彼女にこう言おうと思うんです。彼女は笑うかもしれません。もう、とっくにそうだよって。でも、わたしはわかってなかったから、ちゃんと言いたい」

彼女の強くて優しい目が、ふわりとこちらを向く。

「三鈴、わたしと友達になってくださいって」

こらえきれなかった。いつの間にか、狐面の中は涙でぐしゃぐしゃになっていた。

笑うわけない。その宝石みたいな言葉を一生大事にする。絶対傷つけない。永遠に胸にしまって守り抜く。

「はぃ……」

返事はため息と重なって、自分でもほとんど聞き取れないほど小さかった。

瑠璃がこちらの正体を見抜いているかどうかなんて、もうどうでもいい。

ただ、彼女が、あの一行瑠璃が、たくさんの言葉を尽くして伝えてくれた。うなずき一つも返さない自分に、思いの丈《たけ》を話してくれた。それでもう、何もかも、十分すぎた。

滲む視界の中、瑠璃は微笑んでくれた。そういうふうに見えた。

「一行さん」

直実が瑠璃を呼んだ。準備が整ったらしい。

瑠璃は彼の方に一旦目を向けた直後、突然、こちらに抱きついてきた。

知らないシャンプーと、病院の消毒液のかすかな匂《にお》いが、お面の隙間からふわりと香る。

三鈴は驚き、それを見ていた直実たちも、目を丸くした。

すぐに身を離した瑠璃は、直実たちへと小走りで駆けていった。

みなの視線が彼女に集まる中、三鈴は体を背けてこっそりお面をずらし、手で顔をごしごしとこする。鏡は持っていないが、今自分はきっと、惚《ほ》れ惚《ぼ》れするようないい顔をしている。

直実は階段の最上段に大きく手を振る動きで、ホログラム風のアーチを立てた。表面では数字と記号が鼓動《こどう》を刻むように現れたり消えたりを繰り返している。

「直実によると、量子を段階的に変化させるシステムだそうだ。その最終調整をさせてほしい」

堅書ナオミの説明を受け、瑠璃がアーチをくぐる。その結果を踏まえ、直実と堅書ナオミは、また何かを話し合い始めた。「若干のずれ……」「微調整……」「急いで……」といった、読み解ける断片的な言葉のみを耳で拾った三鈴は、ふと、直実のすぐそばで地面がうごめいていることに気づいて目を見張った。

「直実！」

ほぼ同時に気づいた堅書ナオミが声を上げ、反応した直実が手袋で大きなハンマーを造《つく》りだし、即座に叩き潰す。

出しかけた頭をもぐら叩きされた狐面はひしゃげ、そのまま地面に溶けるように消えた。

「追いつかれたか？」

堅書ナオミが緊張した声を上げると、直実の手袋の甲《こう》からカラスの顔がぬっと出て、機械的な音声で述べた。

「これは斥候《せっこう》です。自己修復システムが、我々の現在位置を絞り込んでいます。いくつかのアドレスにダミーを送り込んで攪乱《かくらん》していましたが、今、斥候が消されたことに反応して、次はより上位の判断権限を持つ個体がここにやってきます」

「しまった。僕がうっかり潰しちゃったから……」

直実が頭を抱えるが、

「いいえ。あなたの判断は間違っていません。放置すれば、即座に大量の狐面たちが送り込まれていました。あなたは、グッジョブです」

「だが、まずいな。ヤツらに対応するには人手が足りない。それに、直実には変換機構を作ってもらわなければいけない」

それ以外で動けるヤツは……と、気難しい顔の堅書ナオミが忌々《いまいま》しげにあごを触ったタイミングだった。

大階段の独特な形をした天井から、数体の狐面が降ってきた。

直前に、地面から湧き上がってくる姿を目の当《ま》たりにした全員が虚《きょ》を突かれた。

もっとも近くにいたのは瑠璃。目的が殺害なら、階段から突き落としただけでもその結果を導きうる、絶体絶命の位置と機。

が、

(え⁉)

三鈴は間に合わない悲鳴を寸前のところで呑み込んだ。というより、呑み込まされた。

狐面たちは絶好のポジションから、もう一度跳躍《ちょうやく》し、三鈴の前に着地したのだ。

思わずのけぞりそうになった三鈴は、こちらを見下ろす彼らが全員、赤い狐面をしていることに気づいた。

あの時、仲間にした狐面たちだ！

「そんな、まさか？　まだコードが有効だなんて……」

ミスズの驚愕する声が鈴飾りから聞こえる。しかし驚きはこれだけではなかった。

赤狐たちは一糸乱れぬ動きで、腰の後ろから取り出した棒状のものを、シャキン！　と一振りで伸ばしたのだ。

(魔法のステッキ！)

「な、何なのこれ⁉」

ミスズがこちらの胸の内を過不足なく代弁してくれる。

「ちょっと待って、調べる。まさかと思うけど……！」

「わたしさん？」

「やっぱり！　この子たち、さっきわたしたちが使った乗っ取りのプログラムコードを模倣《もほう》してる。どうしてこんな……もしかして、アルタラ内に〝彼女と一緒に行動すれば上手《うま》くいく〟っていうログが残ってて、それを参照して問題解決のアルゴリズムに組み込んだの？　だから、ステッキまで模倣を？」

「それってつまりどういうことなの？」

　さっぱりわからない三鈴が最速で音《ね》をあげると、落ち着きを取り戻したミスズの声が悪戯《いたずら》っぽく笑った。

「堅苦しいことを抜きにして言えば、わたしちゃん。あなた、彼らに懐《なつ》かれちゃったみたいよ」

「な、懐かれた？　システムに？」

「彼らもあなたと同じくアルタラ内に存在する者よ。むしろ生身《なまみ》の人間よりよっぽど親しみやすいのかも。アルタラは確かに単なる記憶装置だけど、内部ではたくさんの生きた人間の思考の模倣をしてる。だからどこかで好きとかキライとかの偏向《へんこう》した基準が、メインシステム側に滲み出しても不思議はない。だって、数字も心も自然のものなんだもの。そういうふうに考えたら素敵じゃない？」

「す、素敵かどうかはちょっと……」

「なかなかいないわよ。アルタラに好かれちゃった子なんて。でも、もしかしたらこれ……」

「うん……だね！」

その先を口にせずとも意を同じくした三鈴はすぐに立ち上がると、何が起きたかわからず呆然としている直実たちを見た。

直実、瑠璃、と視線を移し、堅書ナオミで止める。お面の内側にある読めない視線を、彼は肌感覚で察したらしい。すぐにうなずき返してきた。

三鈴は最後にもう一度、あの大事な言葉をくれた瑠璃を見やると、赤狐たちと一緒に大階段の外へと向かった。「あ……」という瑠璃のつぶやきが背中に追いついたが、彼女は一旦足を止めただけですぐにまた歩きだした。

素敵な物語を守る。

最愛の二人を守る。

最後まで、守る。

三鈴は屋根の上まで一気に跳躍した。

数体の狐面が、周囲から迫ってきているのがはっきり見えた。

「行こう、みんな」

三鈴は跳ぶ。その後ろ姿を、いくつもの影が追った。

彼女たちは恐るべき大反攻に出た。

北上しながら、見かけた狐面たちを片っ端から味方に引き込む。新たに赤狐になったシステムも、全員が魔法のステッキを持っていた。

京都中央総合病院から京都駅までを埋め尽くしていた狐面は、松尾大社《まつおたいしゃ》と八坂《やさか》神社までを結び京都のど真ん中を南北にぶった切る四条通りの交差点を境に、二色に分けられた。

赤と白。

その赤の最前線に、赤い頭巾の少女が一人立つ。

両者の間にある十数メートルは、緊張を和《やわ》らげる非武装地帯というより、助走をつけて相手を殴るための獰猛《どうもう》な空間にすぎなかった。無感情なシステムであるはずの白い狐面たちからも、猛烈な敵意が吹きつけてきている。

数字が自然のものなら、数字で作られた世界も、心も、自然のものだろう。

三鈴は息を大きく吸って、叫んだ。

「みんな、突っ込めえええっ！」

怒号《どごう》なきすさまじい正面衝突が起こった。

魔法のステッキの一撃で、狐面はあっという間に赤狐に変質していく。しかし、人員を削《けず》られれば削られた分だけ、狐面たちは新たに現れた。

街そのものが波打つような極大の押し引き。

通りが一つ真っ赤に染まったかと思えば、再び投入された白がそれらを全部押し潰す。

うねるような色彩の変化は、創世記の洪水《こうずい》伝説に現れる巨大魚が、鱗《うろこ》を見せつけながら身をくねらせる姿を想像させた。

赤と白の喰《く》い合いは、何度も激変を伴《ともな》いながら、膠着《こうちゃく》状態を作り出していった。

一分一秒がほしい今、その均衡《きんこう》はあまりにも理想の終着。

「わたしちゃん戻って！　もう大丈夫。瑠璃が帰って次は堅書君よ！」

潮時《しおどき》だ。三鈴は波のように上下する狐面たちの大乱闘を一瞥《いちべつ》すると、「後はお願い！」と一声発し、家の屋根を蹴った。

背後の騒乱は、三鈴が離れても何も変わらなかった。ただ、一体の赤狐が三鈴を守るようについてきた。ここまできたらもう何も不思議はない。三鈴は好きなようにさせた。

大階段に戻ると、直実が量子変換用のアーチをいじっているところだった。

「調整完了。これで僕も帰れます」

そう言うと、直実は堅書ナオミを真っ直ぐ見つめた。

堅書ナオミも、彼を正面から見返した。

「すまなかった」

堅書ナオミは深く頭を下げた。

「先生……」

「俺は何もかも間違っていた。おまえを傷つけ、ルリを傷つけた。何も見えなくなっていた。それでいいと思い込んでいた。だが、それでは、そんな視野の狭い性根《しょうね》では、彼女を幸せにできない。どだい、自分すら幸せにできない男が、隣に立つ女性だけは幸せにしたいなんて、そんな都合のいい話はないわけだ」

直実は堅書ナオミのこれまでと異なる様子に少し戸惑ったようだった。

「先生、この世界の一行さんは……」

世界を渡るアーチのトンネルを見やり、問いかける。瑠璃の姿はもうない。高校生の彼女も、大人になった彼女も、光の粒子になって消えてしまった。

「諦めるつもりはない」

彼は穏《おだ》やかに笑った。向かい合う少年とよく似た笑みだった。

「今はまだ何も見えないが、今度こそちゃんと堅書直実として、彼女を助けられる方法を探すつもりだ。たとえ、どれだけ時間がかかっても」

「まあ、またこちらの世界に来るようなことがあったら、お茶くらい出しますけど」

直実がつられて微笑むのを見て、堅書ナオミは驚いたようだった。彼は許されていた。優しい会話だった。

「直実、この先何があっても、彼女に恥じない優しい男であってくれ。これが、俺から言える最後のアドバイス……いや、お願いだ」

「わかりました。先生」

堅書ナオミは十歳若い自分を見つめ、言った。

「ありがとう、堅書直実。ルリを助けてくれて。これだけは、まだ言ってなかった。そして、さよならだ」

「……はい。先生もお元気で」

二人は固い握手を交わした。何かの誓いのように、長い握手だった。

やがて満足したように手を離すと、直実は最初のアーチをくぐろうとしてふと足を止めた。

「あ、そういえば」

急に三鈴の方を向く。

「あなたは、一体……?」

ぎくりとした。真っ直ぐ向けられた目が、お面ののぞき穴を通じて胸の奥まで届く感触があった。何かまたよからぬ言葉が生まれてしまいそうになる。その動揺が、アクシデントへの対応を遅らせた。

「堅書さん!」

カラス——ルリが鋭く叫んだ。

直実が咄嗟に振り向いた先に、どこからか現れた狐面が立っていた。

狐面は素早く踏み込むと、右手を開いて直実へと飛びかかった。

彼はそれを後ろによろけながら、かろうじて回避する。空振《からぶ》った手は大階段の一部を砕き、その破片を周囲にまき散らした。

中でもとびきり大きな破片が三鈴の顔面を——狐面を直撃する。

のけぞった拍子《ひょうし》に、破片がブロックノイズ状に消えていく様子がいやに広い視野で見え、三鈴は朦朧《もうろう》とする意識の中で、今のでお面が壊れてしまったことを瞬間的に察した。

狐面を打ち倒した直実の後ろ姿が見えた。

彼が振り向こうとする。

手で顔を隠そうとしたが、破片がぶつかったショックでか、体が痺《しび》れて言うことをきかない。足がもつれ、立っていられるのもあと数瞬が限界。

見られる。顔がバレてしまう。

心臓から水が染み出したように、体中が冷たくなる。

見られてしまったら、話さなければいけなくなる。自分がこれまで何をしてきたか。その中で自分の秘密の感情だけを声に滲ませない自信はなかった。きっと話してしまうと思った。二人を邪魔してしまう。二人を苦しませてしまう。

だから、見ないで！

直実が振り向き、目線がこちらの顔を完全に捉《とら》える、その直前。

大きな影が目の前に立ちはだかって、倒れる三鈴を寄りかからせる壁になった。

堅書ナオミの大きな背中だった。

「先生、その人……！」

「早く行け、直実」

「いいから早く行け！　ルリの次はおまえが狙われる。堅書直実がこの世界に二人存在するからだ。おまえに何かあれば、今度は彼女が一人になるぞ！」

「！」

その警句に直実の顔が引き締まり、すぐにアーチへと飛び込む。

「あの……！　ありがとうございました！」

自分に向けられた言葉だと、三鈴はすぐに理解できた。

堅書ナオミの背中の向こう、彼が消える様子はわからない。けれど「行ったか……」という堅書ナオミの嘆息《たんそく》で、三鈴はすべてにケリがついたことを理解した。

「大丈夫か」

堅書ナオミが振り返り、心配そうな顔を向けてきた。

「大丈夫……」

三鈴はゆるゆると頭を振りながら答えた。意識がはっきりしてくるにつれ、自分が変身後の姿ではなく、制服姿になっていることに気づく。

割れたお面が足元に落ちていた。

「変身が解けちゃったんだ……」

「でも今、ケガを」

本当に間一髪《かんいっぱつ》のところだった。気を引き締めるために着てきた制服だったが、これまで見られたら、もはやどんな言い訳も通用しなかっただろう。

「ありがとう。かばってくれて」

三鈴はまだ少しかすむ目をしばたたかせながら、礼を言った。

「せっかくできた協力者だからな。大事にしないと」

彼は照《て》れ隠しが丸わかりの言い訳を述べた。可愛い人だなと思ってしまった。

――この時、三鈴は気づいていなかった。

自分に極めて重大な異変が起こっていたことを。

そばに赤狐が寄り添うように立っていた。いつの間にかそこまで近づいていた。

なぜか？

彼女の身を案じてではない。

なぜならすでに彼女は、赤狐が知っている有能なトラブルシューターではなかったからだ。

変身が解けたことで、三鈴は彼らに成功体験をもたらしたガジェットとは同一視されなくなった。彼らが知っているのは、あくまで、自己修復システムのマザーシステムとしての三鈴だったからだ。

代わりに。

勘解由小路三鈴として認識された。

この世界には大人になった勘解由小路三鈴がすでにいる。

彼女が今どこで何をしているかは、狐面たちの関与《かんよ》するところではなかった。

ただ、自己修復システムは、同一のデータが存在することをエラーと断じ――。

その片方。

後から出現し、そしてごく近いアドレスに存在しているその少女の、消去を試《こころ》みた。

（え……？）

三鈴はその段になってようやく、横合いから近づく赤狐の挙動がおかしいことに気づいた。

魔法のステッキは、細く鋭い日本刀へと姿を変えていた。

構えもなく、前に踏み出る動きから攻撃へと変化するタイムラグは最小限。

刺突《しとつ》。

その殺気が真っ直ぐ自分に向かっていることを、三鈴はなぜか、淀《よど》んだように遅い時の流れの中で完全に察した。

理由はわからないが、刺さる。刺されて、死ぬ。

危ないとも怖いとも思わなかった。ああ、死ぬんだ、と、どこか澄《す》んだ気持ちで考えた。今までたくさん楽しかったから。出会った人みんな、いい人だったから、もうしかたないのかも、と。

しかし、彼女は予期せぬ力に突き飛ばされた。

体が先に危機から遠ざかり、遅延《ちえん》する心が後から続くのがわかる。

突き飛ばしたのは、堅書ナオミの肩だった。それが伸ばした腕だけであれば、どうにかなる体勢だったのかもしれない。けれど三鈴に対しては、杖に腕を塞がれている半身の方が近くにあった。

最速で三鈴を助けるために、彼は、肩で彼女を押した。

刃《やいば》は、彼めがけて真っ直ぐ進んでいた。

「いやあああああああああああああっ！」

三鈴は絶叫した。自分が死ぬことよりも恐怖した。

横顔の堅書ナオミが、少し笑う。

これでいいというように。間に合ってよかったというように。

切っ先が彼の体に呑み込まれる。

その直前。

ドン！　と大階段の地面が半径数メートルに渡って弾け飛んだ。

灰色《はいいろ》のタイルが火山噴火《ふんか》のように吹き上がり、その中で赤狐がブロックノイズ状に分解されていく。そのすぐそばには、手をかざすような姿勢で、ミスズが立っていた。

驚き、目を見張る三鈴より、さらに両目を豁然《かつぜん》と見開いて、彼女は言った。

「ルリ、うちのお姫様がやってくれたわ……！　彼の器《うつわ》と中身は、今、完全に一致した

「……！」

こちらの理解を一切追いつかせない転換の中、突然、手すりにとまっていたカラスから強烈な光が押し寄せる。

光はまるで世界を切り取るように大階段を白く塗りつぶし、境界線の内部に、ここととは異なる空白を――しかし確かに奥行きを感じさせる空間を生み出した。

「な、何？」

三鈴は手で顔をかばいながら、どうにか純白の内側を目視しようとした。

真ん中を黒く切り抜いたように、カラスが浮いている。それが言った。

「あなたは器用な人じゃないんです」

カラスがルリの声でしゃべった。機械的な無機質さを取り除かれた、生の感情を伴った彼女の声で。

三鈴は咄嗟に堅書ナオミを見た。彼はまぶしさを気にもとめず、ただ茫然《ぼうぜん》と、瞬《まばた》きすら忘れてカラスを見つめ続けている。

「一番大事なことがその先にあるとしても、目の前で困っている人を放っておけない。優先順位がつけられないんです。家族だからとか、恋人だから、ではなく、無条件で目の前の誰かを助けるよう体が動いてしまって、できないとむしろ自己嫌悪に陥《おちい》ってしまう。後回しにされる側としては、これほど困った性格はありません。が……」

声に少女のような恥じらいが混じる。

「そういうところがたまらなく……好き、なんです」

「まさか……その声……。そんな……君は……」

堅書ナオミはふらふらと、危うい足取りで歩き出す。

それを迎えるように、カラスのシルエットが白い世界にインクのようににじわりと広がり、人の形にまで大きくなった。

凹凸《おうとつ》のない完全な人影は、それでも、特定の人間を導き出す形を伴っていた。

二〇四七年、現実を生きる一行ルリの形を。

「君なのか……？　本当に、君なのか？」

「ええ……わたしです。ようやく、ようやく会えました」

ルリのシルエットが、目元を拭《ぬぐ》うような仕草を見せる。そんな彼女に、堅書ナオミはかすれた声を絞りだした。

「一体なぜ……。いや、そんなことどうでもいい。会いたかった。ずっと、声を聞きたかった……。この十年、何度も、夢見た。俺は……そのためだけに、すべてを……」

「わたしもです。この日のためにすべてを費《つい》やしました。本当に、もう一度あなたに会うためだけに」

不器用な言葉で呼び合う二人の声は、やがてくる嗚咽《おえつ》を前に震えていた。

けれど言葉なんて、もうほとんど意味はなかっただろう。呼び声に相手が応えてくれる。それ以上に嬉しいことなんて、もう、二人にはなかったから。

あまりにも長かったすれ違い。

数字ではとても表しきれない悲しみと寂しさの積み重ねを踏みしめ、二人の距離は確実に近づいている。誰にも邪魔されることのないまま。ようやく。

その姿を見つめる三鈴の肩に、柔らかい手が置かれた。

「彼は帰ってきたわ」

ミスズだ。彼女の声は、夢を見るようだった。

「身を挺《てい》してあなたを守った時、彼本来の心に戻ったの。見境がなくて困った優しさだけど、でも確かに、ルリが愛したあの人の心に」

「そっか……。成功したんだ……」

堅書ナオミは、本当の意味で執念から解放された。

彼が彼であるまま、ゴールへとたどり着いたのだ。

急に苦しくなった胸に手を当て、三鈴は重なる二つの影を見つめた。

少しの間、押し殺した嗚咽が聞こえた後、ルリの声がためらいがちに言う。

「あなたには伝えないといけないことがたくさんあります。この時のために、わたしはあらゆる手を尽くしました。中にはあなたが怒り出すようなこともあるかもしれません」

「かまうもんか。君ともう一度会えるなら、それ以上に望むことなんてない。だからもう……俺を一人にしないでほしい」

堅書ナオミがそう言い、ルリの影を強く抱きしめる。

「わたしも、あなたと離れて生きるのはもういやです。さあ、案内します。一緒に帰りましょう。堅書さん……」

支え合うように白いトンネルをゆっくりと進んでいく二人は途中、どちらからともなく振り向いて、こちらに深々と頭を下げた。

三鈴も応えるように頭を下げ、最後まで二人を見送った。

光が収まり、大階段からすべての恋人たちが立ち去った後。

三鈴はたった二人残された、大人になった自分の胸に倒れ込んでいた。

「おっと！　だ、大丈夫わたしちゃん！　どこかケガしたの⁉」

「ううん……。えへへ……。なんか、ほっとしちゃって。最後の方、ものすごい勢いでいろんなことが起こったから」

「そうよね。大変だったわよね。今日まで、本当に……」

涙ぐむミスズの指先が、髪を梳《す》くように優しく頭を撫でてくれた。

終わった。これで物語は全部終わったんだ。何もかも。

終わったんだ。

のどからこみ上げてきたものは、こらえようもない嗚咽だった。

「ううっ」

「うううう……！」

ミスズの手が止まり、今度は戸惑いを感じさせない強さで、ぎゅっと抱きしめてきた。

「……ごめんね。彼のこと好きになっちゃったんだね」

ささやくような声に言い当てられ、三鈴はうなずいた。怒られるかもしれないと思った。しかし、ミスズの声はどこまでも柔らかかった。

「わかるよ。勘解由小路さんは、頑張る子が大好きだから」

耳元でゆっくりとささやく。

「わたしも、プログラム内で動く彼をずっと見てきた。記録のパラメータをどんなにいじっても、彼はいつだって、まだ世界で誰も実証したことがない理論を信じて、まだ誰も作ったことのないプログラムを構築して、まだ誰も成功したことのないダイブに挑戦して、もう誰もが諦めてるに違いない数百回の失敗の後でもくじけずに、やり通したわ。のべ回数で言えば、その三十倍は失敗してる。けれど彼は変わらない。愛する人のために、ただそれを繰り返す。そんな人、他にいる？」

声に若干の罪悪感が滲む。三鈴は励《はげ》ますようにミスズの背中に手を回した。「ありがとう」という返事が寂しくて、きっと彼女もどこかで堅書ナオミに恋をしてしまったんだと気づいた。

二人して。わたしたちは。

「振られちゃった……」

三鈴は誰がという主語を欠いてつぶやいた。特定する必要はなかった。ここには勘解由小路三鈴しかいない。

大人になった自分が歌うような声を吹き込んでくる。

「あなたはすごく誠実な失恋をしたわ。誰にもウソをつかなかった。瑠璃にも、堅書君にも、わたしにも、自分の気持ちにも、それから自分の悲しみにも」

言葉が染み込んでくる。

「真っ直ぐ苦しんで、悩んで、行動して、そしてみんなを助けた。たとえ傷つく結末が待っていても、本当にやりたいことをやり遂《と》げられた。三鈴、あなたのことが好きよ。とても好き。あなたがわたしの過去であることがとても誇らしい」

この人も、そうだ。

結末をわかっていて、やり遂げた。

きっとこっちより、ずっとずっと長い時間苦しんで、悩んで。

「わたしも、ミスズさんのこと好きだよ」

だからきっと、わたしは、わたしたちは、なりたい自分になれた。

「自由気ままで、お調子者で、ちょっとずぼらだったり、強引だったり、でも優しくて、人の気持ちに寄り添うことができて、いつもわたしと向き合ってくれる、未来のわたしが好き」

出会った時から今日までの彼女の姿が自然と浮かび、三鈴の心を温める。

「ねえ、わたし、変われたかな？」

確かめるように訊いた。

「何言ってるの！」

驚きを含んだ声で体から引き放され、三鈴の目を見開かせる。それからもう一度強く抱きしめられた。

「あなたは変わったなんてものじゃない。〝変えた〟の！　多くの人を。わたしたちみんなを。もちろんあなた自身もだけど。それでみんなを助けたのよ。それは自分一人を変えるよりもっとずっと難しいことなの。みんなが、あなたの在《あ》り方を好きになったってことなのよ……」

突拍子《とっぴょうし》もない称賛の雨霰《あめあられ》に、三鈴は目をぱちくりさせた。

きっと後で嬉しさで胸がいっぱいになるような言葉だったけれど、今わかるのは、何となく良かった、ということだけだった。

「——そろそろ、お別れね」

ミスズの胸でぼんやりしていた三鈴は、その声にはっとなった。

咄嗟に気づいたのは、周囲がいやに静かなことだった。疲れで意識が朦朧としているのかと思ったが、違った。遠くに聞こえていた狐面たちの二大激突の音がしない。それどころか、空気が動いていないとすら感じた。

身を離し、周囲を見回す。

上も下もない奇妙な空間がそこに広がっていた。

世界は彩雲《さいうん》のような七色に覆い尽くされていて、あちこちから真っ赤な鳥居《とりい》が生えている。はるか遠くには京都タワー。上賀茂《かみがも》神社や平安《へいあん》神宮はこちらから見て逆さまに建っていた。

「怖がらなくていいわ。ここはただの世界の境界線だから。論理物理緩衝野《かんしょうや》というの」

ミスズの穏やかな声に助けられるまでもなく、三鈴はむしろこれを幻想的で美しいと感じていた。陶然《とうぜん》と受け止める視界に、ほっそりとした大人の指が入ってくる。

「あちら側に向かえば、あなたの世界。逆に向かうと、わたしたちの世界があるわ」

彼女の言葉尻《じり》をとらえるように、三鈴は「もうお別れなの？」と声を追いかけさせた。

「たったさっき、全部終わったばかりなのに。ようやくのんびりできるようになったのに。うまくいったんでしょう？　ならもう、焦《あせ》る心配もないよね？」

「そうね。もう少し一緒にいたいわね」

「それじゃあ！」

ぱっと輝いた三鈴の顔は、しかし、寂しげに笑って首を横に振るミスズに阻まれた。

「実はね、もう空間的に一緒にいることができないの」

「え……？」

「こんなことが起こるなんてまったく考えてなかった。アルタラが情報を再現なく増殖させて、本来有限であるはずの宇宙に、実物の無限という存在を突きつけてしまった。そこまではまだいい。けれど、この宇宙に、あちらの世界はもう収まりきらないということまでは……」

つぶやいた後、彼女は簡潔に結論を述べた。

「つまり、あなたの世界は、新しい世界になったの」

「新しい、世界……?」

「そう。機械の中の限定された情報としてではなく、現実と同等の規模と宇宙の運動を持った、正真正銘《しょうしんしょうめい》の新世界」

それはきっとすごいことだった。誰かに突然リセットされることもない。数字をいじられて何かが変わってしまうこともない。狐面たちが大量に溢れ出ることもない。けれど素直に喜べない。嬉しくない。

「新世界になったら、わたしはどうなるの?」

三鈴は不安に駆られて訊いた。

「どうにもならない。ただあなたの構成物質が変わるだけ。顔も、声も、心も、あなたをあなたにしている部分に関しては何も変わらない」

「わたしさんはどうなるの……?」

「遠くに行くわ」

答えは寂しかった。

「今、新世界は猛烈な速度でこちらの世界から遠ざかってる。ここを行き来するには、今よりもっとずっと進んだ科学が必要になる。人類がそこまで到達できるかわからないくらい、高度な科学が」

「お別れしたくないよ。もっと一緒にいたいよ……」

三鈴は素直な気持ちを伝えた。どうしようもないとわかっていても、伝えたかった。

「わたしもよ。もっと……あと一日でいいから、一緒にいたかった。買い物したり、一緒にごはんを食べたり、そういう普通のことがしたかった」

「そうだよ。わたし、今ならお店で一人ファッションショーだってできるよ。いろんなお話に乗れるよ。愚痴《ぐち》だって聞いてあげる。だから、だから……」

わかってる。全部できないってわかってる。もう二人の時間は、今しかないんだってわかってる。

感情が吹き出しそうな瞳で見つめる。

きっとむこうもそうしてくると思った。

けれど、大人になったわたしはこう言って笑うんだ。

「大丈夫。二十年後、鏡越しに微笑んで。そこでまた会いましょう」

なんて、ロマンチスト。

二十年後。この笑顔にたどり着けるだろうか。

いろんなものを乗り越えて、それでも明るく笑えるこの貌《かお》に、なれるだろうか。

いや、なるんだ。

この大好きな笑顔に、必ずなるんだ。

「わたしさん、会えて嬉しかった。今まで本当にありがとう。わたしたくさんのことを学んだ。たくさん変われたよ。全部、わたしさんのおかげ。わたしさんのこと、絶対忘れない」

「こちらこそ、わたしちゃんに会えて本当によかった。あなたがいなかったら、誰も救われなかった。心から感謝してる。ありがとう。本当にありがとう」

二人はもう一度抱き合った。しっかりと。

「思い出は楽しいことや嬉しいことでいっぱいなのに、お別れは悲しいなんて何だか悔しいね」

「いい出会いだったからこそ、お別れが悲しいの。この気持ちは幸せの分量なのよ。だから出会いは後悔しなくていい。素直に、一緒に過ごした日々に感謝しましょ」

二人は手を重ね合わせ、お互いを軽く押し合った。

体がゆっくりと、自分たちの世界に向かって流れ始めた。

少しずつ、名残惜《なごりお》しそうに離れていく自分が、心の現《うつ》し身《み》だった。

悲しみに押し潰される。笑ってお別れしなきゃ。

三鈴は大きく手を振って、大声で叫んだ。

「ありがとう！　ありがとうわたし、さようなら、さようならあ！　むこうで、二人によろしくね！　三人一緒に、楽しくすごしてね！　わたしもっ……絶対そうするから！」

ミスズは大人っぽく、小さく手を振り返してくれた。目じりに、光る粒が散っているのが見えた。

「素敵な思い出をありがとう。さようなら、さようならっ……」

涙が、小さくなっていく彼女の姿を背景に溶け込ませる。三鈴はとめどなく溢れる雫《しずく》を手で懸命に払いながら、彼女を最後まで見つめ続け、手を振り続けた。

「必ず、また、会おうね……」

その時は、とびきりの笑顔で。

epilogue

エピローグ

気がつくと土手の芝生《しばふ》の上に立っていた。

三鈴《みすず》は自分の体を見下ろした。制服だ。出発した時と同じ服装だ。

体に触った。

手ごたえがある。いつもと変わらない――いや何か、わずかに〝確かさ〟が感じられるのは、事情を知っているがゆえの気のせいだろうか。

自分の体だけではない。

風も、草と川の匂《にお》いも、何もかも、知っているものより一段階、濃い。

三鈴は周囲を見回した。

景色に見覚えがある。ここは鴨川《かもがわ》の土手らしい。

「無事に帰れたんだ……」

土手を通り過ぎていく人々はいつも通りだった。

誰一人として、この新しい世界に違和感を覚えてはいないようだ。

それでいいと思う。もし世界中がこの異変に気づいてしまったら大騒ぎになる。

ぼんやりと向こう岸を眺《なが》めていた三鈴は、そこに見知った二人を見つけて息を呑《の》んだ。

直実《なおみ》と瑠璃《るり》だ。

二人は手を繋《つな》いで歩いていた。

ただ歩いているだけのようにも見えるし、色々と戸惑《とまど》っているふうでもあった。

二人はこちらには気づかず、そのまま行ってしまった。

指を絡《から》めるように握り合った手が、目に残っていた。

「はあ……」

三鈴はため息をついた。

そうしなければ、こらえきれなかったから。

「よかった……」

三鈴は満面の笑みを浮かべた。心に浮かぶのは、嬉《うれ》しさばかりだった。

恋は今、完全に終わった。

直実は瑠璃を世界に連れ戻し、その気持ちと行動が等しく本物であることを証明した。言葉や願望でなく、絶対的な事実として世界という大きな記録場に突きつけてみせた。

もう誰にもそれを否定することはできないし、割り込むこともできない。

失恋。

痛みも苦みもなかった。ただ満ち足りている自分がいた。

「ああ、そっか……」

三鈴は脈絡《みやくらく》なく、場違いで、けれど重大なことに気づいてしまった。

この世界はついさっき新しくなった。

ここで起こることは、何もかもが新しい。

「それならこれは、この世界で一番最初の、失恋だ」

なんて不名誉な話だろう。しかし三鈴は微笑《ほほえ》む。悔《く》いはない。今、最高に澄《す》み切った気分。

この新しい世界にこれから無数に巻き起こる失恋がすべてこうであってほしいと、三鈴は大それたことを思った。

恋に破れた人が、がむしゃらに、全力で突っ走った自分を、ちょっと好きになれる、そんなふうな前向きなものであってほしいと無邪気に願った。

涙が一筋頬《ほお》を伝って落ちたが、きっと悲しみではない。二人に会えたことの喜び。これからも一緒にいられることへの感謝。

三鈴は川縁《かわべり》に一歩踏み出すと、大声で叫んでいた。

「幸せになれよーっ！」

背後の歩道を歩く人々がぎょっとした気配があった。くすくす笑っている人もいる。三鈴は草むらに背中から倒れ込んだ。

腕を広げたまま、夏の匂いを思い切り吸い込む。

また恋をしよう。

誰かから聞いた物語じゃなく、一から自分で探して、あの二人に負けないくらい素敵《すてき》な恋をしてやろう。

そうしてまた変わっていくのだ。二十年後、もう一度あの人に会うために。

もう変身はできない。未来から来たパートナーも、秘密の仕事もない。

でも大切な二人がいる。

そして、好きな自分が、ここにいる。

三鈴は起き上がると、全力で駆けだした。

新しい世界を精いっぱい、その体で味わうように。


レザーシートで覆《おお》われた特別病室は歓喜に沸いていた。

折り重なる拍手《はくしゅ》と人垣《ひとがき》の向こう側に、保護ベッドに横たわって、しかし確かに意識を取り戻している直実と、その首に取りすがる瑠璃の背中があった。

二人とも、人目もはばからず泣いていた。

その様子に、量子世界から戻った直後、ダイブルームに一人置き去りにされていたことを、三鈴は心から許した。

拍手は三鈴にも向けられた。

二十年。瑠璃と共に戦い続けたことを、研究所の誰もが知っている。職員の中には、二人に負けないくらい号泣《ごうきゅう》している人もいた。

胸の奥が崩壊《ほうかい》し、思わず顔が潰《つぶ》れそうになる。くしゃくしゃになって、泣きそうになる。でも、今したいことは、そうじゃない。

二十年。長かった。瑠璃も自分も、そして彼も、若々しい時代はとっくに過ぎ去ってしまった。だからこそ、二人に言わなければいけないことがある。

三鈴は瑠璃の肩を抱き、直実の胸に手を置いた。

声は震わせない。目から少しばかり涙がこぼれるけど、それはご愛敬。

「さあ、ルリリッペ先生、堅書《かたがき》君。今までできなかったことを全部やろう。わたしたちの青春はこれからよ！」

泣き顔の二人が笑った。何一つ陰《かげ》りのない、心からの笑顔だった。

ずっとこれが、見たかった。高校時代から二人がずっと失《な》くしていたもの。もう一度必ず見たいと思ったもの。ようやく見せてもらえた。

わたしは、幸せだ。

あなたもそうなって。

ねえ、わたしちゃん。

あとがき

本作を手に取っていただき、誠にありがとうございます。

初めましての人は初めまして。お久しぶりの人はお久しぶりです。伊瀬《いせ》です。

このたび、小説や脚本などで活躍されている野崎《のざき》まど先生の『HELLO WORLD』のスピンオフを書かせていただきました。

主人公は勘解由小路《かでのこうじ》三鈴《みすず》。小説・映画では、脇役とは思えぬ存在感を見せつつも、ストーリーの都合上、途中から現れなくなってしまう彼女です。

しかし、彼女は本当に退場していたのか？　そんなアイデアからこの作品は出発しました。

ここから本編の内容に触れていきますので、まだ読んでいないという方はご注意ください。

さて、三鈴の他にもう一人、このスピンオフを語る上で決して欠かせない人物がいます。

未来からやって来た大人のミスズ、ではなく、原作最大にして最強の敵役、堅書《かたがき》ナオミです。

当初、プロットとして提出したものの一つに、ナオミの贖罪《しょくざい》を描くものがありました。作者はデビュー作でも執念に囚《とら》われた人物を書いていますが、彼らは往々《おうおう》にして、その怪物のような凶暴性と心のアンバランスさによって、目指していたゴールにたどり着くことができません。ナオミも、ほぼ、そうです。彼らに残された唯一《ゆいいつ》のハッピーエンドは〝人間〟に戻ること。

大きな喪失《そうしつ》を抱えつつも、誰かから愛されていた頃に立ち返ることだと、作者は考えています。

三鈴が、堅書ナオミという怪物をわかってあげられるかどうか。それが、彼女が持つ自身の課題とは別の隠れた挑戦となりました。結果は本編の通り。つまり何が言いたいかというと、やっぱりルリリーヌよりかでのんだな……（問題発言）

以下、謝辞《しゃじ》となります。素敵《すてき》な世界を作り上げてくれた野崎先生。その物語をセンスフルな映像で再現した伊藤《いとう》監督。当作品の色々な部分をチェックしていただきありがとうございました。いただいた助言のおかげで、三鈴の頑張る姿をたくさん描くことができました。カバーから扉絵まですべてにおいて印象的なイラストを描いてくださった堀口《ほりぐち》さま。もうこの絵さえあれば本文いらないんじゃないかな。誤字脱字と戦う校正さま。いつもお手を煩《わずら》わせております。担当のIさん。各方面への調整本当に大変だったと思います。お疲れさまでした。

最後に。

三鈴は一番好きな相手から想ってもらえない少女です。その代わり、それ以外の人々からはとびきり愛してもらえるようになりました。もしこの本を読んでくれた人が三鈴を好きになり、作中の彼女を応援してくれたのなら、それが作者にとって最高の喜びです。

彼女の頑張りが、本を読んでくれた皆様の心に何かを残せますように。

それでは、またどこかでお会いしましょう。

伊瀬　ネキセ

HELLO WORLD if
——勘解由小路三鈴は世界で最初の失恋をする——

原　作　映画『HELLO WORLD』
小　説　伊瀬ネキセ
イラスト　堀口悠紀子

2019年9月25日　第1刷発行

★定価はカバーに表示してあります

発行者　鈴木晴彦
発行所　株式会社　集英社
〒101－8050　東京都千代田区一ツ橋2－5－10
03（3230）6229（編集）
03（3230）6393（販売／書店専用）
03（3230）6080（読者係）
印刷所　株式会社美松堂／中央精版印刷株式会社
編集協力　石川知佳

ISBN978-4-08-631329-2 C0193

Printed in Japan